A CABEÇA

Luiz Vilela

A CABEÇA

contos

Cosac & Naify

capa Elaine Ramos
preparação Ana Paula Castellani
revisão Augusto Esteves
Harue Ohara Avristcher

Catalogação na Fonte do Departamento Nacional do Livro
Fundação Biblioteca Nacional

Vilela, Luiz, 1942-
A cabeça
São Paulo: Cosac & Naify 2002
130 p.
ISBN 85-7503-111-2
1. Literatura brasileira 2. Contos 3. Luiz Vilela

CDD:869B.3

Cosac & Naify Edições
Rua General Jardim, 770 2º andar
01223-010 – São Paulo – SP
tel (5511) 3218-1444
fax (5511) 3257-8164
info@cosacnaify.com.br

Atendimento ao professor: (5511) 3218-1466

MOSCA MORTA

— Nada melhor que uma cervejinha a caminho de casa, numa noite de chuva como essa — ele disse. — A vida é boa...

— É — disse o garçom, um rapaz, que limpava com um pano as mesas do bar, quase vazio àquela hora: — a barra anda meio pesada, mas eu também gosto da vida.

— A vida é muito boa — ele tornou a dizer, olhando para a chuva lá fora e levando o copo de cerveja à boca: mas de repente parou.

Ao vão da porta um homem assomara — um homem moreno e corpulento, com uma capa preta de náilon e boné.

— Olá, Bento... — o homem disse.

Acabou de entrar. Puxou a cadeira e sentou-se. Tirou o boné, deu umas batidinhas para limpar os pingos de chuva e deixou-o sobre a mesa.

— Como é, tudo bem?...

Ele respondeu com a cabeça.

— Posso?... — o homem apontou para a garrafa.

Ele acenou que sim. O outro virou-se para trás e pediu um copo. O garçom trouxe rápido.

— Mas então, como vão as coisas? Fazia tempos que a gente não se encontrava...

— É.

— Estou vendo que você deixou o bigode crescer...

Ele balançou a cabeça.

— Ficou bom, Bento; assentou bem em você... Você ficou... você ficou com mais cara de homem. Sem bigode, você tinha uma cara... Bom, não vou dizer que de fresco, mas... Ficou bom...

Ele olhou para fora.

— Eu tenho uma teoria — continuou o outro: — homem tem de usar bigode. Homem sem bigode... Barba, não: barba é coisa de mendigo e de maconheiro. Mas bigode... Olha o meu: um bigode e tanto, hã?... As mulheres gostam. Elas são malucas com o meu bigode. Você sabe, um bigode... Você sabe, né? Uma cosquinha naquele lugar, elas ficam loucas... Você já experimentou?

Ele pegou o copo e bebeu para não ter de responder.

— Hum?...

— Não, Toledo.

— Não diga... Então você tem de experimentar... Você não sabe quê que é bom, rapaz... Elas ficam malucas. Uma esfregadinha pra lá, outra pra cá, elas vão lá nas nuvens; vão lá nas estrelas... Experimenta, é um conselho que eu te dou. Ou será que você pensava que bigode é só para enfeitar a cara?...

Ele olhou para o fundo do bar, onde, numa das mesas, alguns rapazes bebiam.

— Bento, sabe de uma coisa? Parece que você não está muito contente de me rever...

Ele sacudiu a cabeça.

— Hã?...

— Estou, Toledo.

— Ah; pensei que você não estivesse. Depois de tanto tempo... Sabe que eu estava até com saudade? Estava mesmo. Estava até com saudade... Mas... Poxa, e essa cerveja, que acabou? Vamos tomar mais uma?

— Não posso, eu tenho de ir embora: minha mulher está lá, me esperando.

— Oh, mas agora, agora que eu cheguei...

— Outro dia a gente toma.

— Outro dia... Que outro dia? Você sabe que eu... Não, nós vamos tomar é agora. Essa é minha, pode deixar que eu pago.

— Não é isso, Toledo; é que...

— Uma cervejinha a mais, quê que isso vai demorar? Nós não conversamos nada ainda...

— Eu sei, mas...

Toledo virou-se para trás:

— Ô jovem! Me traz uma aí!

O rapaz ergueu o polegar, confirmando.

— Não, quê que há?... Isso não é nem educado. Um amigo vem de longe, te encontra depois de tanto tempo, e você não se digna nem a tomar uma cervejinha com ele? Não é nem educado uma coisa dessas...

O rapaz veio com a cerveja. Pôs a garrafa na mesa, firmou-a e tirou com cuidado a tampinha. Encheu os copos. Toledo o observava.

— Escuta, você não é filho da Conceição?

— Sou — disse o rapaz.

— Eu estava te reconhecendo...

O rapaz sorriu.

— Como vai sua mãe? Ela está boa?

— Está.

— Ela ainda faz empadinhas para fora?

— Faz.

— São deliciosas — e Toledo virou-se para ele: — são as melhores empadinhas que eu já comi na minha vida.

— Hum — ele disse.

Toledo voltou-se para o rapaz:

— Fala para ela, para sua mãe, que eu mandei lembranças. Diz que é o Toledo; Sebastião Toledo. Diz que é o Tião: ela sabe.

— Tá — o rapaz sorriu contente e se afastou.

Toledo bebeu, saboreando a cerveja.

— Mas... Quer dizer então que está tudo bem?...

Ele fez uma expressão indefinida, olhando para fora.

— Eu estimo. Verdadeiramente estimo. Assim é que é bom. Eu gosto de ver gente feliz. Tristeza não leva a nada. Tristezas não pagam dívidas, como se diz. Eu sou um cara alegre. Eu nunca fico triste. Você já me viu alguma vez triste?

Ele olhava fixamente para a chuva lá fora, caindo no asfalto.

— Bento! — Toledo deu um tapa na mesa, assustando todo mundo no bar. — Que diabo! Não está vendo que eu estou falando com você?

Olhou-o.

— Ou será que você pensou que eu estava falando é com essa garrafa aqui? Hem?

Ele não disse nada.

— Responda: você já me viu alguma vez triste?

— Não.

— Você jura?

— Juro.

— Ótimo.

Toledo tomou um gole demorado. Depois passou a mão no bigode, limpando a espuma.

— Pombas!... Coisa de que eu não gosto é falta de educação. Quando alguém fala, a gente escuta. Não foi isso o que você aprendeu? Ou você não aprendeu isso?

— Aprendi.

— Então por que você não estava escutando o que eu estava falando?

— Eu estava, Toledo.

— Estava uma pinóia! Você estava aí... Sei lá o quê; só sei que você não estava escutando o que eu estava falando. Pombas... Se fosse eu... Quer dizer, se fosse eu que estivesse fazendo isso... Minha mãe era lavadeira, uma mulher atrasada, uma mulher que nunca teve estudo na vida. Mas você, você é filho de doutor e de professora, você devia dar exemplo. Cadê suas boas maneiras? Cadê o que a sua mãe te ensinou?

— Bosta! — ele se levantou de repente. — Por que você não acaba com isso de uma vez, hem?

— Ê... Que isso, rapaz?

— Bosta!

— Calma...

— Eu já estou cheio!

— Ninguém falou nada...

— Você sabe que aquilo tudo foi mentira, Toledo! Você sabe que eles inventaram tudo!

— Mas ninguém falou nada!...

— Bosta! Eu sou um homem honrado, Toledo!

— Quem disse que não é? Quem?...

— Merda!...

— Calma, rapaz; calma... Senta aí...

Ele sentou-se, a respiração ofegante.

— Que isso... Você está nervoso à toa... Toma aí sua cervejinha, vamos beber... A vida é tão boa... Tão boa e tão curta: hoje estamos aqui, amanhã quem sabe onde estaremos? Vamos aproveitar...

Ele ficou de novo olhando para a chuva.

— Não, você está nervoso demais... Até parece que você está com medo de alguma coisa. Quê que é? Você está com medo de mim? Não é, né? De mim não pode ser. Você sabe que eu sou o cara mais pacífico do mundo. Não sabe?

Olhou-o nos olhos.

— Sabe ou não sabe?

— Sei, Toledo.

— Então? O mais pacífico do mundo. Incapaz de matar uma mosca, como se diz.

De súbito e rápido, Toledo mandou a mão no ar, fechando-a: depois abriu-a, e uma mosca despencou, morta.

— A menos, é claro, que a mosca esteja enchendo a minha paciência...

Lá fora a chuva engrossava, caindo forte, um véu cinza cobrindo tudo.

— Virgem Santa! — disse Toledo. — Mas que pé-d'água! Eu nunca tinha visto chover tanto assim aqui, você já?

Mexeu vagamente a cabeça.

— Eu nunca tinha visto... Está parecendo um dilúvio. Bem que a humanidade está merecendo um outro dilúvio. Sabe, tem dia que eu fico pensando: Deus é mesmo misericordioso, porque senão há muito tempo que ele já teria mandado um outro dilúvio para nós. Mas, também, se mandasse, seria o fim, pois dessa vez ele não encontraria nenhum Noé. Você não acha?...

Ele não respondeu; olhava para a chuva.

Toledo então ficou também em silêncio, olhando para fora. Mas logo voltou-se para ele:

— Ingratidão... Você é um cara ingrato, Bento... Sabia? Um cara ingrato... Eu venho de longe, viajo essa distância toda só para te encontrar, e você nem conversa comigo... Toda vez é isso, toda vez é essa cara amarrada e essa boca muda. Sabe? Eu já estou cansado. Estou mesmo; já estou cansado. Eu tomei uma decisão, Bento; antes de viajar, eu tomei uma decisão: essa é a última vez que eu venho aqui. Entendeu? A última. Não vou voltar mais aqui não. É a última vez.

Toledo pegou o copo e bebeu tudo até o fim. Depois virou-se para trás:

— Mais uma!

O rapaz veio logo. Abriu a garrafa e voltou para o balcão.

Toledo encheu o copo até quase a borda. Depois, com a garrafa ainda na mão, olhou para ele:

— Você quer? Ou você vai embora?

Ele ficou um instante olhando na direção do copo — e então, sem dizer nada, empurrou-o para frente.

— Ótimo — disse Toledo, pondo a cerveja. — Assim é que eu gosto.

LUXO

Então ele pegou a planta, abriu-a lentamente sobre a mesa e falou:

"Nós vamos ter de fazer algumas modificações..."

"Modificações?", eu falei.

"Nós vamos ter de aumentar uns cinqüenta centímetros na sala."

"Cinqüenta centímetros?"

"Ela está meio pequena."

"Pequena?"

"Você sabe", ele falou, "o pessoal anda querendo salas cada vez maiores; a sala sendo grande, o resto do apartamento pode ser do tamanho que for."

"Tá", eu falei, "eu sei disso; mas..."

Eu então expliquei para ele que para fazer o que ele queria, aumentar cinqüenta centímetros daquele lado da sala, eu teria de tirar cinqüenta centímetros do banheiro da empregada; e aí o banheiro, que já era pequeno, ia ficar do tamanho de uma caixa de fósforos — ia ficar do tamanho do banheirinho da piada.

"Piada?", ele falou. "Que piada?"

"Você não conhece?", eu perguntei.

"Não", ele falou, "não conheço piada nenhuma."

Eu contei: o cara lá, comendo a empregadinha no banheiro do apartamento, os dois mandando brasa; e então a menina, depois de já ter gozado, vendo que o cara ainda continuava mexendo, perguntou: "Você não gozou ainda não, bem?..." "Gozar, já", ele respondeu: "eu estou agora é tentando tirar o cu da maçaneta."

Ele deu uma risadinha, uma risadinha amarela.

"A piada é boa", ele falou; "é uma boa piada; mas a sala ainda vai ser melhor, se nós aumentarmos os cinqüenta centímetros."

Eu falei que não concordava — que eu não podia concordar.

"Por quê?", ele falou. "Qual é o problema?"

Eu falei que não havia nenhum problema.

"Eu não posso concordar", falei, "por uma questão de humanidade."

"Humanidade?", ele falou. "Diminuir cinqüenta centímetros num banheiro de empregada é falta de humanidade?"

"Dependendo do caso, é", eu falei.

"Nesse caso", ele falou: "é?"

"Eu acho que sim", eu falei.
"Não dá pra empregada cagar?", ele falou.
"Bom", eu falei, "se ela cagar de lado, dá."
"Então?", ele falou. "O principal é dar pra cagar; se é de lado ou de frente, isso não importa."
"Não?", eu falei.
"Pra mim não", ele falou.
"Você caga de frente ou de lado?", eu perguntei.
"Eu cago de frente, porra, mas, qual é? Muita empregada não tem em casa nem onde cagar, caga na fossa!"
"E daí?", eu falei.
"Daí? Daí, porra, que pra quem não tem nem onde cagar, cagar num vaso já é um luxo, seja de frente ou de lado, de pé ou de cabeça pra baixo."
"Sei..."
"Mas é claro!"
"Tá..."
"Veja", ele falou; "vamos analisar friamente: quantas vezes por dia uma pessoa caga?"
"Não sei", eu falei; "não sou expert em cagar."
"Quantas vezes?", ele falou.
"Bom", eu falei, "se uma pessoa não está com prisão de ventre, pelo menos uma vez por dia eu acho que ela caga."
"Então?", ele falou. "O que é cagar uma vez por dia com, digamos, um pouquinho a menos de conforto? Será que isso é pedir demais?"

"Eu acho que é", eu falei.

"Se uma pessoa ainda cagasse várias vezes por dia...", ele falou.

"Quem está com diarréia caga", eu falei.

"Mas, porra, meu, nós vamos fazer prédio pra empregada que está com diarréia? É?..."

"Por que não?", eu falei. "Empregada não é gente?"

"É gente, porra, é gente; só que, dois pontos: eu não vou fazer um prédio, não vou fazer um investimento de milhões de dólares pra empregadas que estão com diarréia. Será que alguém discordaria de mim?..."

"Eu discordaria."

"É?"

"Eu discordaria."

"Quer dizer que você faria um prédio de milhões de dólares pra empregadas que estão com diarréia?"

"Eu faria."

"Muito bem...", ele falou.

Enrolou então rapidamente a planta e estendeu-a a mim:

"Pois faça: faça o seu prédio pra empregadas que estão com diarréia."

"E você", eu falei, "por que você não vai cagar de cabeça pra baixo?"

Não, eu não falei isso. Mas devia ter falado.

CALOR

Calor, muito calor ainda — o sol batendo na parede do quarto —, mas ele agora sentia-se melhor.

— Você aqui é como uma brisa...

Ela sorriu, alegre e bonitinha nos seus quinze anos.

— Mais cedo eu tive a visita de uma amiga — ele contou, a cama com a cabeceira erguida: — mas ela é tão feia, tão feia, que o meu quadro de saúde até piorou.

Ela riu.

— Quem, tio?...

— Não, isso eu não posso te contar...

— Por quê?

— Você conta pros outros...

— Juro que eu não conto.

— Só posso te contar isso: que ela é tão feia, que eu quase piorei; quase tive de tomar uma injeção.

Ela deu uma risada.

— Pois é — ele disse; — é isso. Eu estava assim. Mas aí você chegou, e aí eu melhorei; agora eu estou bem...

Sentada numa das três cadeiras do quarto, ela, de shortinho, cruzou as pernas; depois jogou para trás os longos e lisos cabelos castanhos.

— Eu queria vir ontem à tarde — ela disse; — mas a minha professora de inglês trocou o horário, e aí...

— Foi melhor — ele disse, — melhor você ter vindo hoje; ontem eu estava ruim, estava sentindo muita dor ainda.

— Mas a operação correu bem...

— Correu; correu tudo bem, felizmente.

— E o corte, foi grande?

— O corte? Uns... Alguns centímetros. Você quer ver? Você está pensando em ser médica...

— É, eu estou pensando...

Ela se levantou e se aproximou da cama.

Ele, de peito nu, afastou o lençol; depois empurrou um pouco a cueca e...

— Ôp! — cobriu rápido; — o passarinho querendo fugir...

Ela riu.

— Aqui — ele mostrou: — o corte vai daqui até aqui...

Ela ficou olhando — as tiras de esparadrapo sobre a gaze, a pele vermelha de merthiolate.

— É grande, não é? — ele disse.

Ela balançou a cabeça, concordando.

Voltou então a sentar-se.

Os dois calados. Uma tosse de velho lá no fim do corredor.

— Fui te mostrar uma coisa — ele disse, — e você acabou vendo outra...

— Eu? — ela disse. — Eu não vi nada.

— Não?...

— Você cobriu!

— Ah...

— Por que você cobriu?

— Por quê?...

Ela riu:

— Estou brincando, hem tio? Não vai achar que eu...

— Bom — ele disse: — se você quer ver de novo...

— Eu não! — ela disse, olhando assustada para o corredor.

— Não?...

— Não.

— Por quê?

— Por quê?...

Ela riu, mas não respondeu.

— Hum?

— Pra você depois contar pros seus amigos, né?...

— Contar pros meus amigos?...

— Claro — ela disse. — Lá no bar, lá na sua rodinha, depois de tomar umas tantas, você vai dizer: "Sabem aquela minha sobrinha, a Daniela?..."

— Não, não vou falar isso não; não vou falar pra ninguém.

— Sei...

— Palavra de honra.

— Acredito muito...

— Eu prometo. Só nós dois saberemos. Será um segredo nosso: até a morte.

— Hum... Muito bonito...

— Juro. Pode acreditar em mim.

— Você não quis acreditar em mim...

— Eu?

— Agora há pouco.

— Mas aquilo era uma coisa à toa.

— E isso?

— Isso? Bom, isso...

— Hum; o que é isso?

— Eu acho que isso é uma coisa bonita, uma coisa entre um homem e uma mulher; entre um adulto e uma jovem; uma coisa entre um tio e uma sobrinha que se querem.

— Eu, pelo menos...

— Eu também, Daniela; eu também te quero; quero muito, você pode ter certeza.

— Você é o meu tio mais legal, o único de cabeça aberta, o único com quem dá pra conversar.

— Obrigado...

— Se fossem os outros... Se fossem os outros, eu nem tinha vindo aqui.

— É?

— Tio Breno, por exemplo: Tio Breno mal me cumprimenta; é como se eu não existisse. Tio Jerônimo de vez em quando ainda dá umas prosas, mas eu acho que a única coisa no mundo que interessa para ele é boi; ele só fala em boi, e agora na falta de chuva: que se não chover dentro de poucos dias, ele vai perder não sei quantas cabeças de gado e que... Ele só fala nisso. Eu acho que ele nem dorme, pensando nos bois dele...

Ele riu.

— Já a Tia Zilda... Tia Zilda é aquela fera. Ela vive no meu pé. Agora ela deu pra implicar com os meus shortinhos: "Por que essa menina não anda pelada de uma vez?..."

— Ótimo.

— Ótimo?... — ela riu. — Quê que é ótimo?...

— A Zilda falar assim.

— Ah...

— Agora, você andar pelada... Sinceramente: se de shortinho já é isso que a gente vê, pelada...

— Tio...

Ele riu.

— Você está com febre?... — ela perguntou

— Não...

— Então é o calor.

— Quem sabe?

— Eu nunca te vi assim...

Uma enfermeira passou, em direção ao fundo, e deu uma olhada para dentro do quarto.

A tosse do velho. Um bebê chorando. Vozes.

De novo o silêncio.

— Bom, mas então... — ele disse; — quer dizer que você não quer mesmo...

— O quê?

— Ver; ver de novo...

— Não.

— Então tá; fim de papo...

Ela curvou-se para amarrar melhor o cadarço. Depois ergueu o pé, mostrando para ele:

— Que tal? Gostou do meu tênis?

— Gostei. E você, gostou do meu pênis?

— Tio!... — ela disse, se levantando e pondo a mão na boca.

— É só pra fazer um trocadilho...

— Você hoje está impossível, hem?

— Eu não ia perder a oportunidade de fazer esse trocadilho...

— Você hoje... você está precisando de umas palmadas, viu?

— Dá, dá as palmadas; suas palmadas seriam como... seriam como uma chuva de plumas em meu corpo.

— Uai: você agora virou poeta?

Ele riu.

— Você hoje está um perigo...

— Eu?... Que perigo pode ter um homem preso numa cama de hospital?...

— Hum... Muito perigo!...

Ele tornou a rir.

— Você... — ela disse, se abanando com as mãos, os seios saltitando soltos sob a blusa.

A enfermeira passou de volta, sem olhar para o quarto.

— Bom, mas então... — ele disse; — quer dizer que o nosso assunto está mesmo encerrado...

— Que assunto?

— O nosso assunto...

— Está.

— Encerrado?...

— Está.

— Definitivamente?...

— Definitivamente.

— É... — ele disse; — é uma pena...

— Pois é...

Ela então andou devagar até a cama, encostando-se na beirada — as coxas bronzeadas de sol.

Passou a mão de leve no braço dele:

— Tio Leo, Tio Leo...

— O quê?

— Não acredite em tudo que eu falo, tá?...

— Não?...

Ela negou com a cabeça.

— Quer dizer que...

Ela sacudiu a cabeça.

— Ótimo... — ele disse.

Olhou pela porta aberta, em direção ao corredor; ela também olhou. Então ele encolheu as pernas, fazendo com elas uma parede: afastou o lençol, e depois...

— Nossa! — ela disse. — Tio!...

— Pega.

— Pode?...

— Você me daria a maior felicidade.

— Mesmo?...

— Eu seria o homem mais feliz do mundo.

Ela olhou para o corredor.

— Está com medo? — ele perguntou.

— Não; eu...

— Pega.

Ela parada.

— Você não quer?

— Quero, mas...

De repente ela puxou o lençol sobre ele.

— Quê que foi?...

— Nada — ela disse, nervosa; — eu que... Desculpe, tio...

— Tudo bem...

Ela foi até a janela e ficou, meio de costas, olhando para baixo.

Da rua, quase sem barulho, veio a buzina de um picolezeiro.

Ela deu um suspiro fundo:

— Tem dia que eu tenho vontade de morrer...

— Por quê?

— Viver é complicado demais...
— É assim mesmo — ele disse.
Ela tornou a sentar-se, as mãos apoiadas nas coxas, o olhar fixo no chão e os cabelos quase cobrindo o rosto.
— Acho que eu já vou...
— Embora?
— É...
— Por quê?
— Eu preciso...
— Fica mais.
— Não posso...
— Fica...
Ela olhou para ele — e de novo para o chão:
— Eu não vou fazer mais nada — disse, com languidez; — se é isso...
— Não, não é isso.
— Acho que a gente não devia ter feito o que a gente fez...
— A gente não fez nada!
— Não sei quê que me deu na hora... Às vezes acho que eu não bato bem...
Ele ficou em silêncio.
— Eu...
— Está bem, Daniela — ele disse, ajeitando-se um pouco na cama e depois puxando o lençol até o peito.
— Eu sou uma criança ainda, tio...
Ele sacudiu a cabeça.

— Meu corpo pode não ser mais de criança, mas eu ainda sou uma criança, entende? Eu sou muito inexperiente; eu não sei nada da vida, nada...

— Esqueça o que houve; você esquece, e eu também esqueço. Tá?

— Eu sou uma menina bem-comportada; eu não sou como algumas amigas minhas, algumas que já vão até em motel e...

Ela se calou.

O sol já sumira do quarto, e o calor diminuíra; em breve começaria o crepúsculo.

Ela se levantou:

— Eu já vou: às vezes amanhã, depois da aula, eu dou uma passadinha aqui.

— É melhor você não passar.

— É? — o espanto no rosto. — Então eu não passo.

— Eu acho que...

— Tiau — ela disse, e saiu do quarto.

Ele ficou algum tempo olhando para o corredor.

Depois, estirou as pernas — devagar, para não doer —, estendeu os braços ao longo do tronco e respirou fundo:

— Merda — disse.

Fechou então os olhos, para dormir um pouco. Mas, de súbito, quase num susto, abriu-os: ela estava ao pé da cama, olhando para ele — os olhos vermelhos.

— O que houve?...

— Eu voltei.

— Eu estou vendo.

— Você foi muito rude.

— Rude?...

— Você me magoou muito.

— Eu?...

— Eu vim aqui te fazer uma visita...

Uma lágrima deslizou pelo rosto.

— Eu vim aqui pra...

Limpou com o dedo outra lágrima.

— Eu sei, Daniela, eu compreendo; eu gostei muito de você ter vindo.

— Gostou... Gostou, mas...

— Sabe?... Eu vou te dizer: essa cirurgia, as dores, as injeções, o soro, ficar o dia inteiro nessa cama sem poder mexer direito e, ainda por cima, nesse calor horroroso, tudo isso perturba muito a gente, Daniela...

Ela escutando.

— Tudo isso faz com que... E então... Sabe? É horrível; principalmente passar horas inteiras sozinho nesse quarto, olhando para essas paredes brancas; isso é o pior de tudo. E era por isso que eu queria que você ficasse mais; era por isso...

— Eu fico — ela disse.

— Fica?... Você fica mais?...

Ela balançou a cabeça.

— Que bom...

— Mas tem uma condição — ela disse.

— Eu já te falei que é pra esquecer isso, não falei?

— Não, minha condição não é essa...

— Não? Qual que é a condição?

Ela fez uma cara de mistério; deu meia-volta, andou até a porta e afastou com o pé a trava no chão; depois fechou a porta e girou a chave.

Então voltou-se: olhou para ele e sorriu.

— Sabe? — ele disse. — Sabe de uma coisa? Você é uma menina surpreendente.

— E bem-comportada; esqueceu?...

MÁS NOTÍCIAS

"Más notícias", vou dizendo logo, ao entrar.

"Não brinca não", ele diz: "às vésperas do Comício da Vitória..."

"Pois se não agirmos rápido", eu digo, "se não agirmos rápido, o Comício da Vitória vai se transformar no Comício da Derrota."

Puxo uma cadeira e sento-me.

"O que aconteceu?", ele pergunta.

Acendo um cigarro. Eu tinha me prometido não fumar mais nenhum aquele dia; mas...

"O que aconteceu, porra?..."

"O que aconteceu? Bom", eu digo, "aconteceu o seguinte: o caminhão tombou."

"Puta merda..."

"Pois é."

"Eu sabia", ele comenta, "eu sabia que aquele vagabundo ainda ia me aprontar alguma..."

"Foi agora, no começo da noite", eu conto; "o caminhão estava voltando para a cidade."

"Quantos?", ele pergunta.

"Quantos o quê?"

"Quantos mortos, porra! Não é isso que você quer me dizer?"

"É, é isso", eu digo, pegando o cinzeiro na mesa; "infelizmente é isso... Mas, felizmente", acrescento, "morto mesmo houve um só."

"Um só."

"É. Um morto e três feridos, um deles com ferimentos graves."

"Então são dois mortos."

"Dois mortos por quê?", eu pergunto.

"Claro", ele diz; "nesse azar..."

"Não", eu digo, "é um morto só; o outro, segundo eu soube, não corre nenhum risco de vida."

Ele fica olhando fixo para a mesa.

"Estamos fodidos", diz.

"Não sei", eu digo.

"Claro que estamos!"

"Acho que ainda tivemos muita sorte", observo; "poderia ter morrido muito mais gente."

"Por que não morreu?"

“Ou então haver mais feridos; foram só três, e o caminhão estava cheio. Tivemos muita sorte.”

“É...”, ele diz.

Ergue de novo os olhos para mim:

“Estamos fodidos, companheiro...”

“Não penso assim.”

“Claro que estamos: fodidíssimos!”

“Ainda há chances”, eu digo.

“Chances...”, ele diz. “Que chances podem haver depois de uma coisa dessas?...”

Vinda de dentro, Beth surge na porta interna do escritório. Ela percebe logo o clima — fúnebre. Fúnebre seria a palavra exata nos dois sentidos: literal e metafórico.

“O que aconteceu?”, ela pergunta.

“Bye-bye, primeira-dama...”, Maca diz.

Ela se aproxima, sob a clara luz fluorescente:

“O que houve? Por que essa cara? Até parece que morreu alguém...”

“Pois foi isso mesmo: você acertou na mosca.”

“Morreu?”, ela pergunta, espantada. “Quem morreu?...”

Maca olha para mim:

“Conta, conta pra ela.”

Eu conto.

“Estamos fodidos...”, ele torna a dizer no final.

Beth fica um instante em silêncio, pensando.

“Por que você diz isso?...”, ela pergunta, olhando para ele.

"Por quê...", ele abre os braços. "Ora, meu santo Deus... Porque isso é a melhor coisa que podia acontecer pra eles, Beth!"

Ela olha para mim, ainda confusa.

"Você não está entendendo?", ele pergunta.

"Não, não estou..."

"Você não lembra o que eles andaram falando na campanha?"

"Na campanha?"

"Que eu exploro os bóias-frias, e não sei mais o quê..."

"Lembro."

"Então? E agora? O que você acha que eles vão dizer? Vão dizer que eu sou um assassino de bóias-frias! No mínimo!"

"Mas você não teve culpa", ela diz.

"Claro, claro que eu não tive culpa. E daí? Isso faz alguma diferença?"

Ela não fala nada.

"O que importa", ele continua, "o que importa é que um caminhão do Senhor José Tagliari, o popular Macarrão, candidato a prefeito, tombou e matou um bóia-fria; se não forem dois ou mais..."

"Pois é", ela diz, sentando-se: "eu te falei; eu te falei pra dispensar aquele irresponsável."

"Falou, você falou."

"E não foi uma nem duas vezes."

"Não, foram três."

"Foram muitas vezes."

"É."

"Por que você não me ouviu?"

"Eu ia adivinhar?"

"Se você tivesse me ouvido..."

"Agora é tarde, Beth", ele diz; "agora é tarde; agora já estamos fodidos..."

"Se tomarmos alguma providência, não", eu digo num tom firme, enquanto apago — pela metade — o cigarro no cinzeiro.

"Eles já estão sabendo?", Maca me pergunta.

"Eles?..."

"O pessoal de lá."

"Com certeza."

"Claro, é óbvio; alguém deve ter ido, voando, contar pra eles. Uma hora dessas o João Turco deve estar entoando preces de agradecimento a Alá."

Eu rio.

"É capaz até que a cidade inteira já esteja comentando."

"Não", eu digo, "a cidade não; a cidade ainda não deu tempo; mas se a gente demorar..."

Ele suspira fundo:

"Adeus, prefeitura!"

E adeus, penso, adeus chefia de gabinete...

"Pois eu não desisto!", diz Beth, cerrando o punho e como que acordando do choque da notícia. "Eu não desisto! Depois de tudo o que a gente fez? Depois de ter chegado ao ponto em que a gente chegou?"

"Claro", eu digo, apoiando-a.

"E o meu vestido da posse? Será que eu passei um mês inteiro escolhendo o modelo para nada?"

Maca ri.

"E a bolsa de couro de crocodilo que eu pedi a Lulu para trazer de Miami pra mim? Hem? E a bolsa? E a bolsa de couro de crocodilo?"

E os três maços de cigarro que eu fumei por dia durante a campanha? Hem? E os três maços de cigarro que eu fumei por dia, acabando com a minha saúde?

"Não, meu filho, Elizabeth é nome de rainha; Elizabeth é nome de primeira-dama..."

"Ainda há chances", eu torno a dizer; "nem tudo está perdido."

"Claro que não", diz Beth; "perdido está para o coitado que morreu."

"Pois pra ele é que não está mesmo", Maca diz.

"Como não? Ele perdeu a vida."

"Quem perdeu a vida não perdeu nada, porque não sabe que perdeu."

"Como assim?..."

"Agora eu", ele diz, "eu, se eu perder essa prefeitura, vou ficar o resto da vida lembrando disso; ainda que eu viva quatrocentos anos."

"Pois não perca!", ela diz.

"Isso, Beth!", eu aplaudo.

"Deus é um sacana...", Maca resmunga, feito um menino chorão. "Será que não dava pra ele esperar mais uns dias pra fazer isso? Será que não dava pra ele esperar só mais uns dias?..."

"É...", eu digo.

"Cinco anos que eu colho algodão", ele prossegue, "cinco anos que esse pessoal vai, todo dia, na minha fazenda; vai e volta; e nunca houve nada. Agora, a dois dias do Comício da Vitória..."

"Realmente...", eu digo; "foi um azar; quanto a isso..."

"Parece até que foi de encomenda."

"É..."

"Parece até que aquele turco filho da puta comprou Deus. Aliás, o que um turco não compra? Compra tudo. Compra até Deus!"

Olho para o cartaz na parede, Maca sorrindo, esbanjando confiança e simpatia; mas, por um momento, é como se eu, algum tempo depois, estivesse vendo aquele cartaz num muro qualquer da cidade, ele já desbotado, rasgado e sujo — o melancólico cartaz de um candidato que não se elegeu.

"E a Justiça?", Beth pergunta, sentando-se novamente. "Como que fica a Justiça?"

"A Justiça é de menos", Maca diz; "na Justiça eu dou jeito."

"Dá jeito como?"

"Bom: você lembra daquela novilha que eu dei pro Doutor Catão?"

"Aquela malhadinha?"

"É."

"Lembro."

"Pois bem: chegou a hora dessa novilha me dar uma cria."

"Dar uma cria?..."

Maca se volta para mim:

"Ou essa novilha me dá uma cria, entende?", ele diz, apontando o dedo, como se a coisa fosse comigo, "ou essa novilha me dá uma cria ou o Doutor Catão nunca mais vai ver uma novilha minha."

De novo para Beth:

"E muito menos o tourinho, o tourinho preto, que ele me cantou aquele dia e eu fiz que não entendi. Ou será que ele pensa que eu não entendi mesmo? Pois entendi, e muito bem."

Para nós dois:

"Se o Doutor Catão não me quebrar esse galho, se o Doutor Catão não me quebrar esse galho, eu juro: ele nunca mais vai ver nem mesmo uma bosta seca das minhas vacas!"

"Mas às vezes não depende só dele", Beth observa.

"Claro", diz Maca, "claro que não depende só dele; mas os outros é mais fácil ainda."

"Os outros?"

"O Souza, o Aderbal, o Nenzinho..."

"Você acha que eles..."

"O Souza, por exemplo: o Souza, eu dou uma leitoa pra ele; o Natal vem aí, quem resiste a uma leitoinha nessa época?..."

Nós rimos.

"Já o Aderbal... O Aderbal, eu posso dar um peru."

"Dá aquele manco", diz Beth.

"É, pro Aderbal aquele peru manco já está bom demais..."

Tornamos a rir.

"Agora, o Nenzinho... Coitado, o Nenzinho é tão humilde... Eu acho que com o Nenzinho um franguinho resolve. Ou então uma lingüiça. Às vezes até mesmo um saco de laranja-da-ilha; ele tem um problema nos rins, ele só chupa laranja-da-ilha."

Rimos de novo.

"É...", Maca balança devagar a cabeça, "não é à toa que eu vinha cevando essa gente... Parece até que eu estava adivinhando que alguma coisa iria acontecer..."

Eu olho as horas, preocupado.

"Mas o quê, afinal, que você ia propor?", Maca me pergunta.

"Bom, eu..."

"Eu não vejo saída", ele me corta; "pra mim esse foi o último round, o último round de Turcão contra Macarrão."

"Não se você ir lá", eu digo.

"Ir lá? Ir lá onde?"

"No local do acidente."

"No local do acidente?"

"E sem demora."

"Você está é louco!", ele diz. "Você sabe que eu não posso ver sangue."

"É o único jeito."

"Então fodeu tudo mesmo, porque lá eu não vou."

"Você vai", eu digo; "você vai, e diante da câmera — o pessoal da televisão também já deve estar indo para lá — você promete uma ajuda às vítimas, promete custear as despesas de funeral do morto."

"Despesas de funeral? Você acha tudo fácil, né? Você sabe quanto está ficando um funeral hoje? Sabe?"

"Não."

"Você sabe quanto está custando um caixão?"

"Não, não sei, e, para ser sincero, não estou muito interessado em saber isso..."

"Eu bem que gostaria de ajudar esse infeliz, mas você sabe, você sabe que eu não posso gastar mais nem um tostão."

"Quem falou em gastar? Eu falei para você prometer..."

"E depois?"

"Depois? Ora, Maca, você sabe que o tempo dá jeito em tudo... O negócio é agora; nós temos de pensar é agora. Agir com rapidez. Antes que o pessoal do João o faça. O resto depois a gente vê."

"É isso mesmo", diz Beth, "o Tim está certo: a gente tem de agir é agora."

"E com rapidez", eu repito.

"Nós já enfrentamos tantas paradas, querido; agora, no final, no finalzinho, às vésperas do Comício da Vitória, agora é que nós vamos desistir? Vamos morrer na praia?..."

"Você vai lá e faz um discurso", eu digo; "um discurso do tipo: 'Com a voz embargada pela emoção'..."

"Eu já disse que eu não posso ver sangue, rapaz."

"Pois então não olhe."

"Não olhe... Como que eu não vou olhar? O cara está lá, ao lado, a televisão filmando, e eu não olho? O que eles vão falar depois? Vão falar que eu não me dignei nem a olhar para o morto. Eles vão falar isso."

"Pois então olhe", eu digo, já meio impaciente: "olhe e faça um belo discurso; transforme o limão numa limonada, converta em sorte o azar; fale sobre o sofrimento dos que lutam para sobreviver; fale dos que pagam com a própria vida para sobreviver; ou melhor, que..."

"Bom", ele diz, a cara se animando de súbito: "eu posso também levar um médico."

"Médico?", eu estranho. "Médico para quê, se os feridos já foram socorridos?"

"Médico pra mim, porra."

Eu abano a cabeça.

"O quê?", ele diz. "E se eu tiver um troço lá? Já pensou?"

"Você não vai ter nada", diz Beth.

"Você tem é de fazer um discurso", eu insisto; "é isso que você tem de fazer. Faça um discurso emocionado, um discurso empolgante."

"Como?"

"Como...", eu digo, sem concluir, pegando outro cigarro — mas não, chega: não vou fumar; ficar me fodendo por nada?

"Bom", Maca diz, "quem sabe se..."

Ele se levanta e se empertiga:

"Vê o que você acha..."

"Vamos lá", eu digo, entusiasmando-o.

"Meus caros amigos", ele começa; "nesta escura e trágica noite de setembro, com o coração esmagado pela dor..."

"Não", eu o interrompo: "esmagado não dá."

"Por quê?"

"Primeiro porque é muito exagerado; e segundo porque é como o cara morreu."

"Como o cara morreu?"

"É."

"Ele morreu esmagado?"

"É."

"Esmagado?..."

Eu balanço a cabeça.

"Poxa...", ele diz, sentando-se de novo; "você não tinha me falado..."

"Não, não tinha."

"Pensei que o cara tivesse morrido com fratura do crânio ou qualquer coisa assim..."

"Não."

"Pensei que... Poxa, esmagado... Agora sim, agora danou tudo mesmo..."

"Coragem, Zé!", diz Beth se levantando. "Você sempre foi um forte!"

"Sempre fui um forte... Sempre fui um fraco, isto sim; um homem que não pode ver sangue..."

Ela olha para mim já meio aflita.

"É a única saída, Maca", eu digo; "a única. Ou você faz isso ou nós vamos realmente pro brejo."

Ficamos então os três em silêncio ao mesmo tempo, um silêncio carregado de apreensão.

"Está bem", Maca se levanta de repente: "eu vou lá."

"Bravo!", diz Beth, e nós batemos palmas.

"Pombas! Ninguém vai me tirar a porra dessa prefeitura!"

"Isso!"

"Muito menos um morto!"

"Ao contrário", eu digo: "o morto é que vai te levar à prefeitura."

"Se é assim, meu caro", ele me abraça fortemente, "se é assim, que Deus e Nossa Senhora me perdoem, mas então eu só posso dizer: viva o morto!"

"Viva!", eu digo, e pego outro cigarro — mas esse, ah, esse eu acendo, e acendo com prazer.

FREIRAS EM FÉRIAS

“Preciso contar pra vocês!”

“Conta...”

“Vocês nem vão acreditar...”

“O que aconteceu?”

“Eu fui lá tomar a coca; eu fui lá; aí, quando eu estou lá, tomando, um cara, um sujeito novo ainda, todo peludão — o peito dele parecia um tapete, uma relva...”

“Rô...”

“O sujeito ficou ao meu lado, me olhando, me olhando assim, de ponta a ponta, dos pés à cabeça, e aí ele falou: ‘Oi, gata.’ ‘Oi’, eu falei. ‘Curtindo?’ ‘Eu estou, e você?’ ‘Adoidado’, ele falou; ‘pra ser melhor, só se eu tivesse a companhia de uma gata como você.’”

“Nossa... E aí?...”

"Aí? Aí eu olhei pra ele, encarei ele, assim, bem de frente, e falei: 'Está vendo esse crucifixo aqui, no meu peito?' 'Estou; é um barato; o crucifixo e o peito também.'"

"Santa mãe de Deus..."

"'Você sabe por que eu uso ele, o crucifixo?', eu perguntei. 'Não', ele respondeu. 'Eu uso ele porque eu sou freira.' 'Freira? Legal essa!', ele falou. 'E eu, você sabe quem eu sou?' 'Não', eu falei. 'Eu sou o Papa!', e ele deu uma risada. 'Eu estou falando sério', eu falei. 'Eu também estou', ele falou e deu outra risada. 'Esse crucifixo', eu falei, 'é porque eu sou freira.' 'Por isso não', ele falou: 'olha aqui', e virou as costas, mostrando uma enorme tatuagem. Uma tatuagem sabem de quê? Sabe, Mariona?"

"De quê?"

"Cristo; Cristo crucificado."

"Jesus", disse Mariona; "isso já é sacrilégio!"

"E aí, aí ele falou: 'Qual que vale mais? O seu Cristo, que a gente compra em qualquer camelô da esquina, ou o meu, que foi gravado com dor na minha carne?'"

"E essa, hem?", disse Blandina. "E aí, o que você respondeu?"

"Eu respondi que os dois valiam a mesma coisa, que o importante era a fé."

"É cada uma..."

"Mas o pior eu ainda não contei..."

"Então conta", disse Blandina. "Você começou... Como dizia o Chacrinha: ajoelhou, tem que rezar."

"O pior foi à hora que ele virou, e aí... Aí, sabem? aí eu vi que ele estava com uma bruta duma ereição."

"Ereição, Irmã Romilda?"

"Então como que é?"

"Ereição?"

"Então fala como que é..."

"Ereção", disse Mariona. "Não tem um pauzinho no meio."

"Não? Você tem certeza que não tem um pauzinho no meio? Pois eu acho que tem. Tem sim. Só que não é um pauzinho: é um pauzão."

"Rô!..."

"Isso é pecado, Irmã Romilda."

"Pecado..."

"Pecamos por pensamentos, palavras e obras."

"Sabe onde está o pecado, Mariona? Sabe? Sabe onde ele ficou? O pecado ficou lá, naquela capelinha mofada e fedorenta."

"Hum."

"Sabia? O pecado ficou lá, naquela capelinha mofada e fedorenta, entre aqueles santos e velas. Ou será que você trouxe ele com você, na sua mala? Trouxe? Na minha ele não veio. Ele veio na sua, por acaso, Blande?"

"Não sei. Eu quero é que você conte o resto da história, Rô..."

"O resto? O resto é só que o sujeito me perguntou se eu venho aqui amanhã."

"E o que você respondeu?"

"Respondi que venho, uai."

"Respondeu errado", disse Mariona.

"Errado por quê?"

"Porque amanhã nós três estaremos longe daqui."

"Eu não. Eu já te falei que eu não vou hoje."

"Eu também não", disse Blandina.

"Perder o último capítulo de *Corações apaixonados*, quando a Leandra vai finalmente revelar quem é o verdadeiro pai do filho dela?"

"Amanhã passa de novo."

"Eu sei, mas você acha que eu vou agüentar esperar até amanhã? Eu mal estou dando conta de esperar até a noite..."

"Pois fiquem sabendo que às oito e meia da noite, ou seja, às vinte e trinta, nós três estaremos dentro de um ônibus, em plena estrada: eu, Irmã Maria Imaculada; você, Irmã Romilda; e você, Irmã Blandina."

"Você é uma chata, hem Imaculada?"

"Vocês precisam entender que isso não é porque eu quero."

"É sim, Mariona; é porque você quer: você e sua muxibagem."

"São ordens, ordens do Economato."

"Imaculada: 'Não mintais uns aos outros.' Paulo, Colossenses, capítulo três, versículo nove."

"Se o nariz da Mariona crescesse igual ao do Pinóquio... Não ia nem ter jeito da gente entrar nessa piscina..."

"Vocês estão sendo injustas comigo..."

"Injustas..."

"Além disso, a minha perna inchada anda doendo."

"Essa sua perna inchada serve pra tudo, hem Mariona? Você não tem vergonha?"

"Ai, meu Deus...", disse Blandina. "Quando eu penso que, ao chegar, eu vou ter de passar a limpo toda aquela escrita... Me dá uma preguiça... Dá vontade de ficar aqui, nessa piscina, para o resto da vida..."

"Dá mesmo...", disse Romilda.

"A Congregação podia derrubar aquela capelinha e fazer uma piscina lá, né?"

"Que isso, Irmã Blandina? Como você ousa dizer uma coisa dessas? Aquela capela é histórica, minha filha; aquela capela é do século dezoito."

"Eu sei, Imaculada, eu sei; estou cansada de saber isso. Só estou dizendo que... Que diferença faria se derrubassem uma capela? Há tantas capelas por aí..."

"Isso é uma heresia. Aquela capela é um tesouro."

"Um tesouro e um ninho de morcegos."

"Bom mesmo é se isso aqui fosse nosso", disse Romilda, "só nosso e de mais ninguém. Aí a gente podia vir quantas vezes quisesse, sem ter de pagar nada. E, o melhor, a gente podia ficar aqui inteiramente sem roupa..."

"Rô..."

"A gente peladinha nessa água quente, já pensaram que delícia? Eu acho que eu ia até ter um orgasmo."

"Irmã Romilda..."

"Pra ser sincera, a vontade que eu tenho nesse momento é de rancar esse maiô e..."

"Parece que o Peludão mexeu com os seus hormônios, hem Irmã?"

"Rancar e sair por aí, no meio dessas piscinas, dessa gente... O que será que aconteceria se eu fizesse isso, hem?"

"Não gosto nem de pensar...", disse Blandina.

"Eu sei o que aconteceria: fotos em todos os jornais do país; entrevistas na televisão; capa da revista *Playboy*: 'A freira mais sexy do Brasil'."

"Esqueceu-se de que você é freira, Irmã Romilda?"

"Não: eu não acabei de falar na freira mais sexy do Brasil?"

"Esqueceu-se de que você é religiosa?"

"Você está me censurando, Mariona?"

"Um pouco de juízo não faz mal a ninguém."

"Você está me censurando? Pois fique sabendo que eu sou livre para falar o que eu quiser, está bem? Foi Deus que me deu a liberdade."

"Foi, foi Deus. Deus nos deu a liberdade; mas nos deu também os dez mandamentos. Lembra-se? E um deles, o sexto mandamento, diz: 'Não pecar contra a castidade.'"

"'Esqueceu-se de que você é freira'... Acontece, Mariona, acontece que antes de ser freira eu sou mulher. Sabia? Eu não nasci freira: eu nasci mulher. E mulher com esses peitos aqui, esses peitos bonitos, e não essa tábua de passar roupa aí."

"Pelo menos ela serve para passar roupa. E esses mamões aí, para quê que eles servem?"

"Está com inveja?"

"Para quê que eles servem?"

"A Blande sabe..."

"Eu? Eu não sei de nada."

"Não? Olha como ela ficou vermelhinha..."

"Com esse sol e branca do jeito que eu sou, como você queria que eu ficasse?"

"Sei... Eu vou pensar no seu caso..."

"Tem dia que eu acho que a matéria venceu", disse Mariona.

"Que matéria, Mariona? De que você está falando? A Mariona sai de repente com umas coisas sem pé nem cabeça..."

"Tem dia que eu acho que o espírito desapareceu da face da terra e que Deus, cansado de pelejar com o homem, retirou-se para os confins do firmamento."

"Deus é pai, Imaculada."

"Mas até os pais não se cansam do mau comportamento dos filhos? Que dirá Deus com relação ao homem, esse filho tão mau, tão ingrato, tão..."

"Certo, mas... Lembre-se de Lucas, capítulo onze, versículo treze: 'Se pois, vós, sendo maus, sabeis dar boas dádivas a vossos filhos'..."

"Ih, não...", disse Romilda. "Vocês duas, ó: o Retiro Espiritual começa dia vinte de janeiro. Sabiam? Começa daqui a quinze dias ainda. Por enquanto estamos em férias e numa pousada. Sabiam?"

"Ah, Rô..."

"Ah, Rô? É a Rô que daqui a um mês estará na frente daqueles pirralhinhos lá, da vila, entre bêbados, ladrões e traficantes, enquanto vocês duas estarão zanzando por aí, um dia num lugar, outro dia no outro; reuniões, encontros, capítulos, curso disso, curso daquilo, ou seja: não fazendo nada, só passeando, comendo e conversando fiado."

"Rô, a noviça rebelde número dois..."

"Não vem não, hem Blande? Eu conto tudo, hem?"

"Então conta; conta. Conta, que eu também conto. Você acha que não? Eu conto sim. Conto, palavra por palavra, tudo o que você me disse aquele dia, sem esquecer as vírgulas, e, principalmente, os pontos de exclamação."

"A que chegamos", disse Mariona, "a que chegamos... Santa Mãe de Deus... Eu proponho uma coisa: vamos esquecer tudo, vamos passar um apagador, nos dar as mãos e, juntas, rezar uma ave-maria e um pai-nosso, pedindo humildemente a Deus perdão pelos nossos pecados."

"Rezar aqui, agora, Mariona?"

"Por que não?"

"Rezar aqui, agora, nessa piscina, com toda essa gente ao redor?"

"Toda hora é hora de rezar, todo lugar é lugar de oração: basta que a fé esteja viva e o coração contrito."

"Eles vão achar que nós três somos malucas", disse Romilda. "Ou então achar que nós três somos freiras", e deu uma gargalhada.

"A Rô hoje está afiada..."

"É", disse Mariona, "nós vamos ter muita coisa para discutir nesse retiro..."

"Vamos mesmo", disse Romilda, "você tem razão..."

"Por falar nisso", disse Blandina, "quem será que vai ser a cozinheira lá esse ano? Se for a Zulmira... Aquela crioula pode desistir, ela nunca vai aprender a cozinhar; eu não sei por que elas não mandaram ela embora ainda... Agora, se for a Tereza... Hum... Se for a Tereza... Já estou até sentindo o gostinho daquela musse de chocolate..."

"E os bolinhos de bacalhau?", disse Romilda.

"E as panquecas? Me diga: as panquecas?..."

"A Irmã Blandina só pensa em comer...", disse Mariona.

"E eu em ser comida", disse Romilda, dando outra gargalhada.

"Rô, eu acho que você endoidou..."

"Brincadeira, gente, brincadeira... Vamos curtir, nós estamos em férias; vamos brincar, vamos cantar... Blande, como é mesmo a marchinha da Irmã Cidinha?..."

"'Eu entrei pro convento pra fugir do casamento; eu entrei pro convento pra fugir do casamento.'"

"Então vamos lá, as três juntas: 'Eu entrei pro convento pra fugir do casamento; eu entrei pro convento pra fugir do casamento.'"

"Vocês...", disse Mariona. "Vocês não têm jeito..."

"Ai, vida...", disse Romilda.

"Bem, minhas mui queridas... Faz-se hora de voltarmos para o hotel..."

"Faz-se mesmo", disse Romilda.

"Eu ainda quero passar no shopping para comprar umas pilhas para o meu walkman."

"E eu lavar os meus tênis", disse Romilda. "Sabem como é, sempre fica um pouco de chulé."

SUZY

Essa história, que aconteceu comigo já faz alguns anos mas que eu não esqueço e certamente nunca esquecerei, começa num sábado à tarde, às vésperas do Natal, embora não tenha com a chamada data magna da cristandade nenhuma relação. Ou teria? Bom, se pensarmos que... Mas não, deixemos de lado as considerações e vamos logo à história.

Enfrentando — como tantos outros naquela ocasião — um momento difícil em minha vida, depois de ter sido demitido de meu emprego no jornal, eu havia me mudado para um grande prédio de apartamentos no centro da cidade, apartamentos cujos aluguéis estavam com um preço bem abaixo da média.

Naquela tarde, preparava-me para pôr uma ordem em minhas coisas, quando escutei um leve toc-toc na porta. Por que batiam?, pensei. Por que não tocavam a campainha, se ela estava funcionando normalmente? Achei aquilo estranho. Caminhei então com cuidado até a porta, ficando rente a ela. O toc-toc se repetiu, um pouco mais forte, e eu resolvi abrir. Girei a chave devagarzinho e...

O que vi: uma menina, uma menina de seus dez ou onze anos ou — sei lá, uma adolescente quase, digamos —, loira, muito bonitinha, fazendo com um dedo sobre a boca o sinal de silêncio e, em seguida, um sinal de que queria entrar. Eu não estava entendendo nada, mas não vi como recusar e acabei de abrir a porta.

A menina entrou; entrou na ponta dos pés, fazendo ainda, com a mão direita, o sinal de silêncio, enquanto segurava com a esquerda um par de tamancos. Mais uma vez a atendi, não falando nada, e fechei a porta. Ela foi andando para dentro do apartamento e então parou, colocando no chão os tamancos, sem contudo calçá-los, como eu pensei que ela fosse fazer.

"Bom", eu disse: "agora me explica o que está acontecendo."

Ela fez de novo o sinal de silêncio.

"Nós estamos aqui dentro", eu falei, "ninguém vai ouvir."

Ela olhou na direção da porta.

"Então?", eu perguntei. "O que é?"

"É o tarado", ela falou.

"Tarado?"

Ela fez o sinal.

"Que tarado é esse?", eu perguntei.

"Ele queria me pegar."

"Queria te pegar?"

Outro sinal.

"Não", eu falei; "chega de psiu; vamos conversar normalmente. Que tarado é esse?"

"É o filho da faxineira."

"Que faxineira?"

"Ela trabalha aqui no prédio."

"E ele queria te pegar..."

"Queria. Queria, mas eu escondi. Se você não abre a porta..."

"Hum...", eu falei, achando meio estranha aquela história.

"Você não está acreditando?", ela perguntou.

"Talvez", eu respondi.

"É verdade", ela falou. "Uma vez ele correu atrás de mim, eu fui fugir e caí; me deu até um corte e saiu sangue. Aí eu acho que ele ficou com medo e fugiu."

"Hum."

"Ainda tem o sinal até hoje. Quer ver?"

Ela suspendeu a saia e mostrou o lado interno da coxa. Havia mesmo um sinal; um sinalzinho. Se era do acidente, do tal acidente... Mas o que mais vi — e como deixar de ver? — foi aquela coxinha maravilhosa, aquele delicioso pedaço de carne primaveril. É, dava para entender o tarado...

"Bom", eu disse, um pouco perturbado: "e agora? O que fazemos? Você quer que eu te leve ao seu apartamento?"

"Não", ela disse rápido.

"Telefone eu não tenho."

"Eu não posso ficar aqui?"

"Ficar aqui?..."

"É só um pouco", ela disse; "é só até o tarado ir embora."

"E que hora que o tarado vai embora?", eu ia perguntar, mas achei que já era esquisitice demais para uma só tarde, e limitei-me a um gesto de concordância.

Ela então ficou; ficou e, logo, movida pela inquietação natural da idade — e mais alguma, proveniente talvez da circunstância —, dava uns passos pela sala, observando as coisas e como que a reconhecer o terreno.

Deteve-se diante do amontoado de objetos a um canto: livros, caixas, pastas...

"Nossa, que bagunça..."

"Eu mudei para cá há poucos dias", expliquei.

"Sua mulher não arruma?"

"Eu não sou casado."

"E sua noiva?"

"Noiva?"

"Sua namorada."

"Eu não tenho namorada."

"Tem; namorada você tem."

"Por quê?"

"Porque eu sei", ela disse. "Não tem?"

"Bom, eu..."

"É ela que está lá no quarto?"

"Lá no quarto?..."

Antes que eu respondesse, a menina já tinha disparado

em direção ao quarto e, em seguida, ao banheiro e à cozinha. Aquela menina... Francamente...

Ela voltou.

"Muito bem", eu falei, pondo as mãos na cintura: "você vai entrando assim pela casa... Você não sabe que isso é falta de educação?"

"Você não escutou o barulho?"

"Barulho?"

"Você não escutou?"

"Eu não escutei barulho nenhum."

"Ô", ela disse, "então você é surdo."

"Não sou não; eu escuto muito bem."

"Eu escutei o barulho", ela explicou, "e aí eu achei que era ela que estava lá dentro."

"Ela quem?"

"Sua namorada."

"E se fosse?", eu falei. "E se a minha namorada estivesse lá dentro?"

"Ih, mas você é chato, hem?"

"Sou, sou chato sim."

"Nossa... Se eu soubesse que você é chato assim, eu não tinha batido nessa porta..."

"Por isso não", eu falei; "você quer sair?"

"Você quer que eu saia?", ela devolveu.

Eu olhei naqueles olhinhos cinzentos, olhei fundo, procurando ver... ver o quê?

"Quer?", ela repetiu.

"Menina...", eu falei.

"Responda", ela falou.

É, aquela menina... Danadinha ela; danadinha...

"Só que se me acontecer alguma coisa lá fora, o culpado é você."

"Eu?"

"Lógico."

"Lógico..."

Eu me sentei e cruzei as pernas:

"Minha filha..."

"Eu não sou sua filha", ela me cortou.

"Não, não é mesmo", eu falei, meio sem graça.

"Eu não sou filha de ninguém."

"Bom", eu falei, "eu acho que pelo menos de seu pai e de sua mãe você é, né?"

"Não sou."

"É sim."

"Não sou. Eu não sou filha de ninguém."

"Tá", eu falei. "Então já sei como eu vou te chamar: Filha de Ninguém."

"Não, porque eu tenho nome."

"Então me fale qual é o seu nome; eu não sei."

"Meu nome é Suzy."

"Suzy."

"Com zê e ipsilone."

"Zê e ipsilone."

Ela parou e me encarou:

"Você é bobo?"

"Por quê?"

"Tudo que eu falo você repete."

"Isso é ser bobo?"

"É."

"Não é não; isso é um jeito de falar."

"Jeito de falar...", ela disse, apoiando as mãos no encosto da poltrona, o olhar percorrendo o teto. "Gente velha é cheia de mania, né?"

Gente velha...

"Quantos anos você acha que eu tenho, Suzy?", eu perguntei.

"Quantos anos? Sei lá...", ela disse, sem se dignar sequer a olhar para mim; "deve ser uns duzentos... uns mil..."

Eu ri.

"Eu tenho vinte e oito anos."

Não tinha: tinha trinta e dois; mas já que todo mundo sempre falava que eu parecia muito mais novo...

"E você?", eu perguntei. "Quantos anos você tem?"

"Você não sabe que não se pergunta idade a uma dama?"

"Ah, idade a uma dama... Tá... Quer dizer que você é uma dama..."

"Sou. Você achou que eu fosse o quê? Um cachorrinho?"

Mama mia...

"Você é sempre desse jeito, Suzy?"

“Que jeito?...”, ela perguntou com displicência, arranjando atrás a fita no cabelo, os peitinhos aparecendo na blusa — uns peitinhos não tão inhos assim...

“Se você continuar com essas respostas, sabe o que eu vou fazer com você?”

“O quê?”

“Eu vou fazer como na piada.”

“Piada?”, ela perguntou, meio rindo. “Que piada?”

“Um cara perguntou pro outro: ‘Você joga damas?’ O outro respondeu: ‘Jogo.’ Aí o primeiro falou: ‘De que andar?’”

“Isso é piada?...”, ela disse.

“É, é piada.”

“Pois nunca vi piada mais sem graça...”

“Pois eu adoro; adoro essa piada.”

“Quer dizer que você gosta de piadas?”, ela perguntou, o rosto alegre.

“Gosto, claro.”

“Ah, então eu vou te contar uma”, disse, sentando-se finalmente e apoiando a perna, dobrada, sobre a outra. “Quer ouvir?”

“Quero”, eu disse.

“Mas é uma piada pesada e suja, hem?”

“Pesada e suja? Ótimo”, eu disse, olhando — e por que não olharia? — para as coxinhas, e para a calcinha vermelha, que, naquela posição, aparecia quase toda.

“Um elefante vinha andando pela estrada...”

“Hum.”

As coxinhas... As pernas... Os pés... Até os dedinhos...
"Aí o elefante escorregou e caiu numa poça d'água."
Se eu estivesse com a minha máquina fotográfica... Seria uma foto...
"Ou!", ela abanou a mão.
"O quê?", respondi, despertando.
"A piada acabou; você não entendeu ela não?"
"Entendi."
"Então como que você não riu?"
"Como que eu não ri?"
"É."
"Eu esqueci."
"Esqueceu? A gente esquece de rir?"
"Esquece. Eu de vez em quando esqueço; você não?"
"Você é doido", ela disse.
"Sou, sou doido; doido, bobo, chato... Que mais? Ah: velho, surdo..."
"Eu não falei isso...", ela disse, olhando meio envergonhada para o chão.
Alguma coisa vai acontecer aqui hoje, eu pensei. Não sei o quê, mas alguma coisa vai acontecer aqui hoje.
"Pensei que você ia gostar da minha piada...", ela falou, num tom magoado.
"Eu gostei; quem falou que eu não gostei?"
"Você não riu..."
"Então vou rir agora: ra-ra-rá!"

"Assim não..."

"Eu gostei, Suzy; eu gostei sim da sua piada."

"Mesmo?", ela perguntou, incrédula.

"Mesmo."

"Pois eu acho essa piada uma babaquice", ela falou, se levantando de repente.

Já sei, pensei, já sei o que eu vou fazer com essa menina: vou agarrá-la, pôr em cima de minhas pernas, descer a calcinha e dar umas boas palmadas; umas boas palmadas. E aí... Aí...

"Bom", eu disse, me controlando e procurando desviar os pensamentos: "e por que você acha essa piada uma babaquice? Eu posso saber?"

"Claro que você pode saber", ela falou, num tom irritadíssimo, enquanto examinava, com aparente interesse, um rachadinho na parede.

"Por que então?"

"Porque ela parece piada de criança."

"E você não é criança?"

"Eu não!", ela respondeu, como se eu a tivesse ofendido com a maior das ofensas imagináveis.

"Bom", eu falei, "então, já que você não é uma criança, o que você é?"

"Não sei."

"Não?"

"Não."

"Quer dizer que você não sabe o que você é..."

"Não."
"Você é... Digamos: uma adolescente?"
"Não."
"Uma moça?"
"Não."
"Uma mulher?"
"Não."
"Uma... Uma cachorrinha?"
"Sou."
"É? Uma cachorrinha?"
"Sou."
"Então late, cachorrinha."
"Au au."
Eu ri.
"Agora fica de quatro", falei.
"De quatro?", ela perguntou, me olhando desconfiada. "De quatro pra quê?"
"Uai, você não é uma cachorrinha?"
Ela não respondeu.
"É ou não é?"
Ela foi andando devagar até a janela e ficou olhando o céu, um céu carregado de nuvens escuras.
"Vai chover...", ela disse.
"É", eu disse.
Olhei as horas no relógio.
"Daqui a pouco eu já vou", ela falou, voltando.

"Não", eu falei, "não é isso; é que..."
"Você está esperando alguém?"
"Não."
"E sua namorada?"
"Quê que tem minha namorada?"
"Ela não vem aqui agora?"
"Que eu saiba, não."
"Às vezes você não sabe."
"É."
"Ela vem?"
"Escuta", eu falei, já meio intrigado com aquilo, "por que tanto interesse pela minha namorada, hem?"
"Não é interesse", ela falou, baixando o olhar.
"Desde que você chegou aqui, você... Você está querendo casar com a minha namorada?"
"Eu não."
"Está parecendo."
"Eu não; não sou sapatão."
Eu ri.
Uma borboletinha branca, vinda não sei de onde, entrou pela janela, executou por alguns segundos seu gracioso bailado e saiu, ganhando de novo o espaço lá fora.
Nós olhamos, mas nenhum disse nada.
"Eu posso perguntar uma coisa?", ela então falou, depois daquele instante de silêncio.

"Perguntar o quê?", eu falei.
"Você gosta dela?"
"Dela quem?"
"Sua namorada."
As perguntas daquela menina...
"Claro que eu gosto", eu falei.
"Então por que você estava batendo nela?"
"Batendo nela?..."
Lá vinha mais uma...
"Quem te falou que eu bati na minha namorada?", perguntei.
"Ninguém falou", ela respondeu. "Eu escutei."
"Escutou? Escutou como? O que você escutou?"
"Escutei ela gritando."
"Gritando?"
"É."
"Hum...", eu disse, entendendo a coisa. "Então é isso..."
Ela ficou em silêncio.
"Eu não estava batendo na minha namorada, Suzy", eu falei, enquanto procurava mentalmente a melhor maneira de sair daquela; "é que... é que a minha namorada estava tendo um pesadelo, compreende?"
"Pesadelo, né?", ela falou, erguendo a voz e o rosto se avermelhando. "Você acha que eu sou boba? Acha? Eu sei muito bem o que você estava fazendo com a sua namorada."
"Sabe?"

"Muito bem."

"Então me diga; me diga o que eu estava fazendo com a minha namorada..."

"Vocês estavam transando."

"Hum... Você está muito sabidinha para a sua idade, hem?"

Ou será que... Ou será que eu é que estava muito ignorante para a minha em relação a certas coisas que vinham acontecendo ultimamente?...

"Bom", eu falei, "mas e daí? Quê que tem isso? Quê que tem eu transar com a minha namorada? Isso te incomoda?"

"Incomoda."

"Incomoda como?"

"Atrapalha eu dormir."

"É só você pôr algodão nos ouvidos."

"E por que você não põe algodão na boca dela?"

Uau...

"Põe, põe algodão na boca dela; aí ela pára de gritar."

"Sei..."

"'Eu morro! Eu morro!' Por que ela não morre logo e pára de encher o saco?"

"É... Eu acho que a minha namorada está atrapalhando não é o seu sono não, garotinha..."

"Garotinha é a avó!"

"Garotinha sim; você é uma garotinha."

"Não sou."

"É sim: garotinha."

"Não sou!", ela bateu o pé no chão. "Não sou! Quer ver? Quer?"

Em poucos segundos, rápida, ela subiu na mesinha do centro e, sem qualquer hesitação, tirou a saia, depois a blusa, depois a calcinha — e depois ainda a fita, que ela atirou para o alto — e ficou, santo Deus, nua, nuazinha ali, na minha frente, diante de meus olhos.

"Sou?", ela perguntou, mudando o tom da voz. "Sou uma garotinha?..."

"Suzy", eu disse, "o que você fez?..."

"Fala... Sou uma garotinha?... Sou?..."

Meu Deus, que menina bonita, que menina linda... Aquelas rosas, aquele ninho dourado... Eu não podia imaginar; não podia imaginar que...

"Fala quê que eu sou..."

"Você é linda, Suzy..."

"Sou? Sou linda? Então me dá um abraço...", ela disse, abrindo os braços.

Eu fiquei imóvel, fiquei ali, parado feito um...

"Me dá..."

"Eu não posso, Suzy."

"Por quê?"

"Eu não posso", falei, sem conseguir desgrudar os olhos daquelas maravilhas.

"Me dá; me dá um abraço. Eu quero que você me abraça..."

"Suzy..."

"Faz de conta que eu sou a sua namorada..."

"Desce daí, Suzy", eu falei de repente. "Desce daí e põe sua roupa."

"Você não está gostando de me ver assim?... Não?...", ela disse e afastou um pouco a perna, mostrando então, até os últimos milímetros, sua secreta nudez.

"Meu Deus", eu falei, cobrindo com a mão os olhos.

Num esforço sobre-humano, virei-me e, de costas para ela, falei:

"Põe sua roupa, Suzy; você tem dois minutos para pôr sua roupa. Dois minutos."

Um instante de total silêncio. Então escutei-a descendo e se vestindo — e aí me voltei.

"Bobão!", ela disse, e nunca vi tanta raiva, nunca vi tanta raiva no rosto de uma pessoa daquela idade. "Bobão!"

"Sou, sou mesmo; é isso que eu sou."

Ela caminhou decidida até a porta, mas antes de abri-la, ainda voltou-se para mim:

"Sabe o que eu vou falar pro meu pai? Sabe? Eu vou falar que você me estuprou!"

"Não", eu falei. "Você não vai falar isso."

"Vou, vou sim! Eu vou falar pra ele! E sabe o que ele vai fazer com você? Sabe? Ele vai te dar um tiro! Ele vai acabar com você!"

Ela saiu, e eu fiquei ali — pasmo, apalermado, estupidificado.

Estou fodido, pensei, sentando-me então no sofá, o mundo vindo abaixo. Estou fodido — e sem ter feito nada. Pior: exatamente porque não tinha feito nada. Que ironia. Se eu pelo menos tivesse feito alguma coisa; se eu tivesse feito o que talvez qualquer outro em meu lugar teria feito; se eu tivesse me aproximado e tocado aquele corpinho maravilhoso, se eu o tivesse abraçado e beijado e... Mas nada. E eu ainda resistira, resistira heroicamente...

E agora? O que fazer? Sair correndo — e arriscar a dar com o sujeito lá fora, enfurecido e louco? Chegar na janela e gritar por socorro? Mas socorro, socorro exatamente de quê? Encastelar-me, encastelar-me e ali ficar — mas até quando e como? Esperar — sim, talvez isso: esperar; esperar o sujeito chegar, e calmamente: "Meu senhor, eu vou explicar o que houve; vou contar direitinho tudo o que aconteceu; eu estava aqui, no apartamento, eu estava aqui e..." Mas e se o cara fosse daqueles que já chegam atirando, sem dar a menor chance de explicação? Se o cara fosse... Meu Deus, que situação, que azar... Eu não merecia aquilo, não merecia...

Eu estava assim, em todo aquele tormento interior, quando escutei lá fora um barulho que me fez saltar do sofá como uma mola distendida: um barulho de tamanquinhos.

É agora, pensei, é agora.

Mas o que escutei, a seguir, foi o barulho de tamancos se afastando, até sumir e tudo voltar novamente ao silêncio.

Então caminhei, com o máximo cuidado, até a porta, vendo logo, no chão, um papelzinho que ali fora enfiado. Peguei-o e, numa letrinha infantil, eu li: "Bobão, da próxima vez vê se arranja umas piadas menos sem graça, tá?"

"Tá, Suzy, tá", eu disse, falando alto sozinho, enquanto lágrimas me vinham aos olhos, lágrimas de alívio, lágrimas de alegria, lágrimas de nem sei mais o quê.

E aqui...

É, aqui termina a história: pois Suzy — que hoje já deve ser uma moça, e, imagino, que moça — não voltou ao meu apartamento. E eu nunca mais a vi.

CATÁSTROFE

— Vai ser uma catástrofe!

— O que eu podia fazer?

— Você podia ter falado pra ela não vir.

— Eu ia falar uma coisa dessas?

— Por que não?

— Uma pessoa me telefona falando que quer vir passar uns dias na minha casa: aí eu falo pra ela não vir?

— Por que não?

— Você falaria?

— Claro que eu falaria.

— Pois eu não.

— Eu falaria: "Escuta, fulana, eu fico muito feliz de você ter se lembrado de mim e da minha casa, mas seria melhor você não vir, porque meu marido não só não aprecia visitas, como também, e principalmente, não aprecia crianças, tanto é que nós não as temos."

— Muito engraçado... Já imaginou eu dizendo isso pra ela ou pra quem quer que seja?

— Você não disse; o resultado aí está: eles vêm.

— São só seis dias, Artur.

— Só seis dias...

— Ela quer aproveitar a Semana da Criança.

— E nós com isso?

— Ela queria dar um presente para os meninos, e aí ela escolheu esse passeio.

— Muito bonito: ela dá o presente, e nós pagamos a conta...

— Ela me disse: "Mimi, sabe de que os meus filhos estão precisando? Sabe de quê? Eles estão precisando de um banho de interior."

— Se depender de mim, eles vão ter é um banho de sangue.

— "Você acredita, Mimi, você acredita que até hoje alguns dos meus meninos nunca viram uma galinha de verdade?"

— Por que eles não vão numa granja? Perto de São Paulo existem dezenas.

— Ah, Artur; você sabe que não é isso.

— Então é o quê?

— Você sabe que... É como a Dininha disse: "Uma galinha passando na rua, os pintinhos atrás..."

— Galinha passando na rua...

—"A galinha ciscando..."

— Essa sua amiga é maluca...

— São essas coisas, entende? São essas coisas que ela quer...

— É maluca sua amiga.

— Não, maluca ela não é não.

— Começa pelos filhos. Ou melhor: por ter filhos, já que ter filhos é um ato de insanidade mental.

— Ter filhos é um ato de amor, Artur.

— Os ratos que o digam.

— Ter filhos...

— Já começa por aí, por ter filhos; agora, ter sete, sete filhos: isso é a própria loucura.

— Por quê?

— Porque é.

— Eu não acho.

— E os nomes? Os nomes dos moleques...

— Quê que tem os nomes?

— Repete aí pra mim...

— Pra quê?

— Repete...

— Dagoberto, Delmiro, Dilermando, Donato, Durango, Dorval e Durval.

— Santa Maria...

— Os dois últimos são gêmeos.

— Bem feito. Deus castiga.

— Eu tenho muita dó da Dininha; muita. Já pensou, ser abandonada nova ainda, com sete filhos pequenos?...

— Eu imagino o cara: um dia ele olhou ao redor, viu aquele bando de meninos e aí pensou: "Meu Deus, quê que eu fiz?..." Pegou então a maleta, saiu de fininho e caiu no mato.

— Além do mais, a Dininha foi minha amiga de infância, minha melhor amiga. É um jeito de eu agora ajudá-la; de nós dois a ajudarmos.

— Ajudar...

— O que é hospedar por alguns dias uma família?

— Isso não é uma família: é uma horda.

— Nossa casa é grande; nós temos recursos, felizmente...

— O problema não é esse, Mimi; o problema nem é a nossa paz, que eles vão perturbar.

— Então qual é o problema?

— O problema é que eles vão acabar com tudo!

— Acabar com tudo como?

— Acabar com tudo, tudo o que tem aqui: acabar com os quadros, com as esculturas, os tapetes, as orquídeas, os bichos; eles vão acabar com tudo!

— Como você pode falar isso, se você nem conhece os meninos, Artur?

— É preciso?

— Você nem sabe como eles são.

— É uma equação, Mimi; uma equação matemática.

— Equação...

— Pensa bem: sete meninos, sete meninos de três a onze anos, sete meninos engaiolados num apartamento no centro de São Paulo: de repente esses meninos são soltos, levados para o interior e despejados numa casa ampla, com jardins, quintal, bichos... O que vai acontecer?

— Não vai acontecer nada.

— Não, não vai não...

— Não vai acontecer nada.

— Eles só vão acabar com tudo.

— Imaginação sua, Artur.

— Imaginação...

— Você que está imaginando isso.

— Os quadros e as esculturas, eu ainda podia levar para um banco, podia fazer isso. Mas e as orquídeas? E os bichos? Como que a gente vai tirá-los daqui? Onde que a gente vai pôr? E quem iria cuidar deles?

— Pense um pouco, Artur...

— Pensar o quê?

— Pense no que seria essa viagem para os meninos...

— Por que eu vou pensar nisso?

— Você também já foi menino...

— Já, já fui, e dou graças por não ter sido menino de capital e por nunca ter morado em apartamento; e, se mais alguma coisa preciso acrescentar, por ter visto galinhas desde pequeno.

— Você também já foi filho...

— Fui, embora não exatamente por minha vontade. Mas, de qualquer forma, posso dizer que ter sido filho foi, pela mãe que eu tive, a melhor coisa de minha vida.

— Então? A Dininha também está querendo ser uma boa mãe para os filhos dela.

— Filhos...

— O quê?

— Para que filhos?...

— Para quê?...

— Será que não vão um dia parar com essa bobagem?

— Se parar, a humanidade acaba.

— Alguma objeção?

— Se não fossem os filhos, uma hora dessas nós dois não estaríamos aqui.

— Nem estaria essa debilóide nos ameaçando com essas sete pragas, com essa catástrofe.

— Bom: nós já falamos muito.

— Já.

— Vamos encerrar?

— Vamos.

— Eu não vou fazer nada.

— Não.

— Eles vêm.

— É.

— Eu até já vou comprar uma lata de biscoitos.

— E eu uma caixa de balas.

— Balas? Você?...

— Balas de revólver, my dear.

A PORTA ESTÁ ABERTA

A cidade e tudo o mais ficara para trás — e agora, à medida que o ônibus avançava pela estrada, ele se sentia cada vez mais próximo de seu objetivo.

Era novembro: depois de seguidos dias de chuva, o capim, que cobria como um tapete os pastos à margem da rodovia, estava tão verde que parecia brilhar ao sol daquela tarde azul e sem nuvens.

Quando ele avistou a antiga seringueira, deu o sinal para parar. Pendurou no ombro a bolsa de couro, despediu-se dos que seguiam viagem e desceu.

Tudo ao redor era silêncio e solidão: nem uma casa, nem uma pessoa ou animal a se destacar na planura. Ao se aproximar da seringueira, um bando de pássaros-pretos, como que por encanto, saiu de súbito e de uma vez de dentro da copa, num barulhão de asas e folhas, dando-lhe um tremendo susto.

Já refeito, tomou a estrada de chão batido e, instintivamente, olhou para o relógio de pulso, que havia deixado em casa. Devia já passar das três, pensou, e apressou o passo, embora a seguir pensasse, quase rindo consigo, que se havia um dia em que ele não precisava ter pressa nenhuma, esse dia era aquele.

Menos de meia hora depois chegava à curva do caminho, de onde, com a respiração por um instante quase suspensa e o coração disparando, ele avistou o rio. Lá estava, depois de tantos anos, o rio; lá estava ele, por sobre a copa das árvores; lá estava, largo e majestático, como um imenso espelho de prata.

Por um momento, ali ficou, apoiado ao tronco de uma árvore, como que ao ombro de um velho amigo, naquela muda contemplação. Então, despertando, andou rápido, mais rápido do que antes, em direção à pequena casa que havia a menos de um quilômetro da margem do rio.

Entrou e sentou-se a uma das duas mesas, no acanhado ambiente. Estava suado e ofegava um pouco. Tirou o lenço do bolso, abriu-o e enxugou com força o rosto.

O dono, um homem de aspecto ainda jovem, veio atendê-lo.

— Pois não...

— Uma cerveja.

O homem trouxe. Abriu a latinha, serviu-o, e, antes que retornasse ao balcão, ele foi ao que lhe interessava:

— Você tem uma canoa aí...

— Tenho.

— Ela fica lá na margem...

— É.

— Você me vende?

— A canoa?

— Sim.

— A canoa já é meio velha.

— Eu também sou.

— Não, o senhor é novo ainda.

— Novo...

— Uns quantos anos o senhor tem? Uns cinqüenta?

— Estou caminhando para os sessenta.

— O senhor está muito conservado...

Ele sorriu.

— Mas então? A canoa.

— A canoa?

— Ela não está fazendo água...

— Não. Nem o senhor, né?...

— O pior é que eu estou.

— É?...

— Hiperplasia benigna da próstata. Já ouviu falar?

— Não.

— Mas ouvirá, pode ter certeza. Quando você estiver chegando aos sessenta.

— Então ainda está longe... — o homem riu.

— Hiperplasia é só o começo. Depois vêm: impotência, reumatismo, enfarte, derrame, perda da memória, perda da vista, perda dos dentes, perda disso, perda daquilo...

— O senhor está muito forte ainda...

Ele pegou o copo e tomou um gole da cerveja.

— Bom, mas vamos ao que interessa: a canoa.

— Para que o senhor quer a canoa?

— Eu preciso ir ao outro lado do rio.

— Eu posso levar o senhor.

— Não.

— O senhor me dá uma grojazinha...

— Acontece que eu não sei quando eu volto.

— Eu posso levar o senhor e outro dia buscar. Ou então eu levo e outra pessoa traz.

— Não, assim não me interessa.

— O senhor não está fugindo...

— Da polícia, não. Quanto ao mais... "Patet exitus". A porta está aberta.

— O senhor é advogado?

— Não.

— Nem professor.

— Não.

— O que o senhor é?

— Nesse momento sou apenas um homem que precisa de uma canoa.

O homem riu.

— Mas o senhor sabe remar?

— Claro. Eu já remei muito. Eu já vim aqui muitas vezes, quando eu era moço. Eu gostava de vir aqui, pescar.

O homem ficou olhando-o, meio incrédulo.

— Quer dizer que o senhor sabe o tanto que o rio é perigoso...

— Sei, claro.

— Principalmente nessa época do ano, por causa das chuvas.

— Eu sei.

— Atravessar o rio é muito arriscado.

— Eu sei disso.

— O cara não pode bobear. Ele tem de remar o tempo todo, principalmente quando pega a correnteza. Se ele parar, a correnteza leva mesmo, e aí é direto para a cachoeira, e então não tem choro.

— Eu sei; eu sei disso.

— O senhor já viu a cachoeira?

Ele sacudiu a cabeça.

— É um mundaréu de água. Deus me livre de um dia cair naquilo — e o homem se benzeu rápido. — O cara que cair ali... Eu vou te contar: o cara que cair ali, não sobra nada; nem a alma...

Ele tomou mais um gole.

— Bom, mas e a canoa?

— Desculpando a indiscrição, o que o senhor vai fazer no outro lado? É algum negócio?

— É.

— Gado.

— Exatamente.

— Vai comprar.

— Isso.

— Interessante... — o homem coçou a cabeça.

— O que é interessante? — ele perguntou.

— É que do lado de lá não tem gado nenhum...

— Não? E daí? Eu vou negociar é com as vacas?...

O homem deu uma risada.

— O senhor é engraçado.

— Sou?

— O senhor é engraçado...

— Hum...

— Gente assim vive muito.

— Então eu vou viver muito...

— Com certeza. Gente assim... Estou lembrando de uma entrevista que eu vi na televisão: o homem mais velho do Brasil. Mais velho naquela época; depois veio aquela pretinha, aquela baixotinha, esqueci o nome dela; ela também já apareceu várias vezes na televisão...

— Eu sei.

— Mas o homem, o homem mais velho naquela época, quando o repórter perguntou para ele qual o segredo da longevidade dele, ele respondeu: "Não esquentar a cachola." Ele respondeu assim: "Não esquentar a cachola." Esse era o segredo da longevidade dele.

— Sei.

— Cachola? Será que foi cachola mesmo que ele falou?

Agora estou na dúvida: acho que foi moringa, não esquentar a moringa, acho que foi isso que ele falou. Ou cachola mesmo? Faz tempo que eu vi essa entrevista; eu era rapazinho ainda. O senhor não viu?

— Não.

— O velhinho era simpático, até meio assim... serelepe. Ele apareceu lá, segurando uma enxada. Naquela idade, acho que cento e vinte anos, ele ainda roçava mato. E então ele falou isso, quando o repórter perguntou qual era o segredo da longevidade dele: não esquentar a moringa. Ou a cachola. Um dos dois.

— Certo. Mas e a canoa?

— A canoa? Sabe o que eu estou achando?

— O quê?

— Não leve a mal, mas eu estou achando que o senhor não vai mesmo atrás de gado: que o senhor vai atrás é de outro bicho...

— Que outro bicho?

— O bicho de saia...

— Hum...

— É ou não é?

— Quem sabe?

— O bicho de saia é danado, sô; o bicho de saia faz a gente fazer cada coisa...

— É verdade.

— E às vezes... Às vezes até em vez de ir atrás de chifre o senhor está indo é atrás de pôr chifre — e o homem deu uma risada. — Está vendo? Eu também sei fazer minhas gracinhas...

— Pois é.

— Pôr um chifrezinho... Porque atravessar o rio do jeito que ele está, sozinho, essa hora, correndo risco...

— É...

— Estou certo?

— Pode ser...

— E o senhor ainda é um coroa muito enxuto...

— Em breve serei um coroa muito molhado.

— Entendo... Afogar o ganso...

— Não exatamente.

— Mergulhar de cabeça... Feito o japonesinho da piada, o que tinha um trenzinho de nada, mas era o maior sucesso com as mulheres. Aí um dia eles perguntaram a ele por quê. Ele: "Cabeça, non?" "Mas uma cabecinha dessas, Japão?" "Non, cabeça de Japon memo: Japon mergulhar de cabeça, non?"

— É...

— Agora... A gente também precisa ter cuidado, porque essas coisas de amor... Amor, às vezes, pode levar a gente à perdição. O senhor não acha?...

— É.

— A gente precisa ter cuidado...

— É. Mas vamos resolver, eu estou com pressa: quanto você quer na canoa?

— Eu não posso vender.

— Por quê?

— Eu preciso da canoa. Além disso, ela foi presente do meu pai, já falecido.

— Quanto está custando uma canoa nova?

— Uma nova? Deve ser uns trezentos ou mais.

— Eu te dou quatrocentos.

— Mas o senhor nem viu a canoa!

— Não tem importância; eu confio na sua palavra.

— O senhor nem viu...

— Pago em dinheiro.

— Dinheiro?

— Dinheiro vivo.

— O senhor não está mesmo fugindo...

— Estou, sabe? Estou sim; mas, por favor, não espalhe.

O homem riu.

— Então? — ele disse. — Quatrocentos?

— O problema é que eu não posso vender. É como eu disse: a canoa foi presente do meu pai...

— Quinhentos.

— Aí o senhor está me apertando...

Ele tomou o último gole de cerveja; levantou-se e pendurou a bolsa no ombro:

— Quinhentos ou já vou embora.

— Bom — disse o homem, — meu pai sempre foi muito compreensivo; não é agora, que ele está lá em cima, velando por nós, que ele vai deixar de ser...

— Feito então?

— Feito.

— Ótimo.

— Eu só tenho de fechar as janelas — o homem disse. — Essa hora não vem mesmo quase ninguém aqui. O pessoal costuma aparecer é lá para as seis, seis e meia...

O homem fechou as janelas e depois a porta.

— Ah — disse: — agora eu lembrei.

— Lembrou? Do quê?

— Do que o homem disse, o velhinho, o homem mais velho do Brasil: moringa. Foi isso que ele disse: moringa. "Qual o segredo de o senhor viver tanto tempo assim?", o repórter perguntou, e ele respondeu: "Não esquentar a moringa." Ou cachola? Ah, é melhor deixar isso pra lá... Vamos.

Os dois foram descendo calados em direção ao rio.

De repente o homem parou:

— Escuta — disse.

Ele prestou atenção.

— Ouviu? É a cachoeira. Quando o vento vira para cá, dá para a gente ouvir o barulho. É um mundo véio de água...

Continuaram a andar.

O sol já estava mais fraco. Vacas pastavam ao longe, com a paz imemorial de vacas pastando. Um bando alegre de maritacas passou no céu. Lenta e suavemente ia o dia deslizando para o crepúsculo.

Entraram por uma pequena mata de árvores antigas e copadas. Ao saírem, lá estava, à frente, em toda a sua imponência, o rio — e seu coração disparou de novo, batendo fortemente.

Era a sua chance de voltar, ele pensou; sua última chance. Se desse mais um passo...

— Algum problema? — o homem perguntou, estranhando.

— Não; eu estava olhando o rio: há tantos anos que eu não o via...

— Viu como ele está cheio? Desde que eu estou aqui acho que eu nunca tinha visto ele tão cheio assim.

Acabaram de descer até a margem.

— Aí está a moça — disse o homem. — Já meio erada, como eu disse, mas...

— Está bem; está ótimo.

O homem destrancou o cadeado que, por uma corrente, prendia a canoa ao tronco de uma árvore.

— Eis — disse. — “O barco está pronto para singrar os mares”, como eu vi uma vez um sujeito dizer num filme.

Ele pegou a carteira, no bolso da calça, tirou o dinheiro, contou e entregou ao homem.

— Certo?

— Certo.

— Compre uma canoa nova; e lembre-se de mim.

O homem o fixou:

— O senhor está com medo?

— Não.

— Se o senhor quiser desfazer o negócio, não tem problema; eu devolvo o dinheiro.

— Não.

— É como eu falei: é só não parar de remar quando chegar lá no meio. Não pare nem um minuto. Vá remando, até passar a correnteza; aí já não tem mais tanto perigo. Entendeu?

— Entendi.

— O senhor está vendo aquelas árvores lá longe?

— Estou.

— Pois é: o senhor vai atravessando o rio em direção àquelas árvores.

— Certo.

— Lá, lá nas árvores, tem uma escadinha de pedra no barranco; é fácil de subir. Aí o senhor vai andando: o senhor vai dar numa estradinha de terra. Segue em frente até o fim. Aí o senhor já avista o posto de gasolina. Lá no posto passa ônibus quase que de hora em hora. Passa também muito carro; às vezes o senhor consegue até uma carona. Certo?

— Certo.

— E quando voltar, não deixe de passar na vendinha. Tomar mais uma cerveja.

— Por falar nisso, eu esqueci de pagar aquela.

— Aquela foi de graça.

— Então obrigado.

Ele entrou na canoa e sentou-se. Pôs a bolsa ao seu lado, no assento. Pegou o remo.

— Até — disse.

— Até — o homem respondeu. — Boa travessia.

Ele manobrou o remo, apontou a canoa para o leito do rio, dando as costas para a margem — e começou, firme e ritmadamente, a remar.

Intrigado ainda com tudo aquilo, e com a mente envolta numa sombra de preocupação, o homem preferiu permanecer onde estava, observando o avançar da canoa pelo rio.

Aos poucos, porém, sua preocupação foi se dissipando: o sujeito sabia de fato remar, e ia remando com segurança. Só o rumo não estava saindo conforme o indicado, pois o sujeito ia remando em linha reta. Mas isso não seria problema: quando atingisse o outro lado, ele poderia ir subindo, beirando a margem, até chegar às árvores.

Mas então — não entendeu —, com a canoa já chegando ao meio do rio, o sujeito de repente jogou o remo longe. Por quê? E já ia a canoa sendo rapidamente levada pela correnteza. Por que ele fizera aquilo? Por quê?

RUA DA AMARGURA

Já punha a noite suas sombras nas paredes do pequeno quarto quando ele, depois de se levantar e mais uma vez contemplar detidamente o pai na cama — o pai imóvel, em silêncio e de olhos fechados —, foi caminhando para a sala, seguido do irmão.

Sentaram-se então os dois no velho sofá. Ele acendeu um cigarro e o irmão ficou a balançar o chaveiro.

A irmã, depois de se demorar mais um pouco no quarto, veio e sentou-se na poltrona em frente aos dois.

— Coitado do Pai... — ele disse.

Ela concordou com a cabeça.

— Ele não fala nada?

— Não.

— Nem escuta?

— Parece que não.

— É como se ele já estivesse morto — disse o irmão.

— Morto ele não está — a irmã disse: — ele está vivo.

— Eu sei — disse o irmão, — eu sei que ele está vivo. Mas... Uma pessoa que não fala mais, uma pessoa que não escuta, uma pessoa que está do jeito que o Pai está, uma pessoa assim não é como se ela já estivesse morta?

A irmã não respondeu.

— Bom — ele disse, apagando, ainda pela metade, o cigarro no cinzeiro: — você sabe por quê que nós viemos aqui?

— Não foi pra visitar o Papai?

— Foi, foi pra isso; foi pra isso também...

— Há tempos que vocês não vinham.

— É verdade.

— Desde que eu mudei pro bairro, vocês...

— Você tem razão; o problema, Maria, o problema é que...

— A coisa está feia — disse o irmão, que era o mais novo dos três; — a coisa está feia, Maria...

— O que aconteceu?

— Conta pra ela, João...

— O que aconteceu é que o homem foi lá, na oficina — ele contou.

— Que homem?

— O proprietário, o dono do cômodo. Ele foi lá segunda-feira. Foi lá e foi curto e grosso: se até o fim do mês a gente não pagar o que deve...

— Babau, oficina — completou o irmão.

— Isso: adeus, oficina.

— Eu, infelizmente, não tenho condições de ajudar — ela disse.

— Não...

— Só a conta da farmácia esse mês...

— Não, não é isso; não precisa se preocupar. Estou só te contando que... Zezinho: pára de balançar esse chaveiro!

O irmão parou.

— Só os remédios do Papai... — ela disse.

— Eu sei, eu sei disso...

— O que você faz, Maria — comentou o irmão, — o que você faz pelo Pai... Se não fosse você, eu acho que o Pai nem estava mais aqui com a gente; né, João?

— Com certeza — ele disse.

— Você é uma guerreira.

— Fique tranqüila, Maria; nós não viemos aqui te pedir nada. Só estou te contando que o homem foi lá, na oficina; foi lá e deixou bem claro: se até o fim do mês...

— Ou seja — disse o irmão: — dentro de dez dias.

— É, dentro de dez dias; se dentro de dez dias a gente não der o dinheiro pra ele, estamos os dois, eu e o Zezinho, na rua da amargura.

— E quê que vocês estão pensando em fazer?

— O que nós podemos fazer? Emprestar, ninguém mais empresta. Banco, a gente não pode nem pensar. Agiota é perigoso.

— Eu, é como eu já falei: eu não tenho condições; minhas costuras...

— O jeito é entregar, eu pensei; o jeito é mesmo entregar o cômodo, não tem saída.

— Vocês vão entregar?...

— Bom, isso é o que eu tinha pensado — ele disse; — isso é o que restava fazer. Mas aí...

— Deus é grande — disse o irmão.

— Aí aconteceu o milagre.

— Milagre?

— Eu só posso chamar de milagre.

— Conta pra ela, João...

— Eu vou contar...

— Conta pra Maria...

— Eu vou contar...

Ele acendeu outro cigarro.

— Foi ontem — ele contou: — eu ia andando pela rua, quando um menino se aproximou e me deu um papel, um desses papéis de propaganda. Esses papéis eu sempre jogo fora; vou pegando e vou jogando, eu nem leio. Mas esse não; esse eu não joguei: esse eu dobrei e guardei no bolsinho da camisa. Por quê? Por que eu não joguei fora?

— Por quê?

— Não sei.

— Foi Deus — disse o irmão.

— Não sei. Eu sei que eu não joguei fora; eu dobrei e

guardei no bolsinho. Aí eu cheguei em casa e fui tomar banho. E aí, à hora que eu fui tirar a roupa, eu enfiei a mão no bolsinho e...

Ele enfiou a mão no bolsinho da camisa e tirou um papel dobrado. Desdobrou-o lentamente.

— É esse aqui; o papel é esse aqui...

Então leu:

— "Compro ouro. Pago bom preço."

A irmã, prestando atenção.

— Aí vem o nome do sujeito, a rua, o número... É lá no Edifício Central. Edifício Central, sala treze. Achei interessante até o número: número treze, número da sorte.

— Ou então do azar... — disse o irmão.

— Prefiro achar que é da sorte.

— Claro — disse o irmão, — eu também.

— Mas quê que tem esse papel? — a irmã perguntou, cruzando os braços.

— Quê que tem?

— Ele vai ser a nossa salvação, Maria...

— Salvação?

Ele deu uma tragada forte: depois foi soprando devagar a fumaça para o lado, em direção ao vitrô.

Olhou para a irmã:

— Se eu te falar assim: "ouro". Em que você pensa?

— Ouro? — ela respondeu, assustada.

— É. Se eu te falar assim: "ouro". Em que você pensa?

— Papai? — ela perguntou.

Ele balançou a cabeça.

— Os dentes do Papai?

— Exatamente...

— Os dentes de ouro?

— Isso...

— Mas...

— Você já pensou o quanto valem esses dentes, Maria?

— O quanto valem?...

— Você já pensou?

— A gente pagava o cara — disse o irmão, — a gente pagava o cara e ainda sobrava muita grana: dava pra você pagar folgado a conta da farmácia; e ainda sobrava dinheiro.

A irmã olhava espantada para eles.

— Foi um milagre — disse o irmão. — Foi Deus que mandou aquele menino.

— Mas...

— Espera — ele disse; — deixa eu falar; deixa eu falar tudo primeiro; aí você fala.

Ele apagou o cigarro, esfregando bem a ponta no cinzeiro.

— Eu te pergunto — falou, olhando para a irmã: — o que o Pai vai fazer com esses dentes?

— Fazer?...

— O que o Pai vai fazer com esses dentes? Mastigar, ele praticamente não mastiga mais, só engole. Mostrar pros outros, como ele gostava...

— Acho que essa era a única vaidade do Pai — comentou o irmão.

— Pois é; nem isso ele pode mais fazer agora. E então — voltou-se de novo para a irmã, — que utilidade têm esses dentes pro Pai? Nenhuma, nenhuma utilidade. Já pra nós, pra nós eles poderiam ser simplesmente a salvação.

— Nem que seja por uns tempos — disse o irmão; — nem que seja pra gente sair do sufoco.

— Exatamente — ele disse; — nem que seja só pra isso, pra aliviar um pouco. Agora: como fazer? Como tirar os dentes e ajeitar tudo depois? Você acha que nós não pensamos nisso? Nós pensamos; nós já pensamos em tudo.

— O Pai não vai sentir nada — disse o irmão.

— Ele não vai sentir dor nenhuma.

— Ele não vai sentir nada.

— A nossa idéia é chamar o Didi, um dentista conhecido nosso.

— O Didi é muito bonzinho — disse o irmão.

— Bonzinho e ótimo dentista, o que é o principal. Uma vez ele extraiu um dente meu, e eu só vi que ele tinha extraído porque ele me mostrou o dente no boticão; na hora eu não percebi nada.

— O Didi é muito delicado — disse o irmão. — Ele parece uma moça.

— Outra vantagem é que ele não é careiro. Às vezes até — olhou para o irmão, — às vezes até, em lugar de pagar pelo serviço, a gente combina com ele de dar dez por cento da venda...

— Dez? Não é muito?

— É uma idéia; eu não sei quanto que o ouro pesaria. Pra ser sincero, eu não sei nem quanto que ouro está valendo.

— Eu também não; mas ouro é ouro, né?

— Bom, mas isso depois a gente vê; o importante agora é resolver a coisa.

Ele pegou outro cigarro no maço.

— Hoje de manhã eu ainda estava lembrando — ele disse. — "Tudo que eu faço é pelos meus filhos"... Vocês lembram? O Pai sempre falava isso, quando ele ainda podia trabalhar. "Tudo que eu faço é pelos meus filhos"... Pois vai ser mais uma coisa que ele vai fazer agora; e isso numa hora em que os filhos estão apertados e que ele, na cama, já não pode fazer mais nada. Não é bonito?

— Eu acho — disse o irmão; — eu acho muito bonito.

— Eu fiquei até comovido pensando nisso hoje...

— É como se o Pai tivesse feito uma poupança, uma poupança pra nós; uma poupança na própria boca.

— E uma senhora poupança; porque o ouro do Pai não é qualquer porcaria: é ouro de Serra Pelada.

— Serra Pelada; pois é.

— Bom — ele disse, acendendo o cigarro e encarando a irmã: — então, Maria? O que você diz?

— O que eu digo? O que eu digo é que vocês me dão nojo.

— Nojo? Uai, mas...

— Nojo — ela disse, — muito nojo.

— Não, espera aí...

— Vocês não têm vergonha?

— Vergonha?

— Vocês não têm vergonha de pensar uma coisa dessas?

— Vergonha eu teria se eu estivesse ali, na esquina, vendendo droga ou assaltando alguém; aí eu teria vergonha.

— Como vocês têm coragem?

— Eu te falei, João... — disse o irmão.

— Vai lá pro quarto — ela disse; — vai lá e fala isso tudo pro Papai.

— Falar? Falar pra quê?

— Vai lá; vai lá e fala.

— Pra quê? O Pai não está mais ouvindo.

— Eu te falei, João...

— Vocês me dão nojo.

— Não...

A irmã se levantou:

— Eu quero que vocês vão embora — ela disse. — E é agora.

Ele olhou para o irmão. Os dois então se levantaram.

— Está bem, Maria; nós vamos. Mas antes eu vou te dizer uma coisa.

— Eu não quero ouvir mais nada.

— A sorte do Pai — ele disse, — a sorte do Pai é que ele não está mais conversando nem rindo; a sorte do Pai é essa.

Porque se mais gente visse essa mina de ouro que ele tem na boca...

— O que aconteceria?

— O que aconteceria? É simples: eles viriam aqui e arrancariam esses dentes na marra.

— Deixa vir.

— É?

— Deixa vir. Eu defendo o Papai. Se for preciso, eu defendo até com a minha própria vida.

— Eu sei de um cara aí — disse o irmão, — eu sei de um cara, ele tinha um dente de ouro; um só, hem? Aí eles entraram na casa dele, prensaram o bicho lá num canto e nheco! rancaram o dente dele. Detalhe: eles rancaram com um alicate. Além do prejuízo, diz que o cara ainda sofreu horrores.

— É isso — ele disse, — é isso o que pode acontecer também com o Pai.

— Deixa acontecer — ela disse.

— E tem mais — ele prosseguiu; — tem uma coisa que é até pior: é se o Pai morrer, o que a gente sabe que pode acontecer a qualquer hora; aí eles vão lá, no cemitério, eles vão lá, tiram o Pai do túmulo e arrancam os dentes.

— Deixa arrancar.

— Você acha que eles não fazem isso?

— Pelo menos não são os filhos dele. Ou será que vocês é que vão fazer? Quem sabe? O alicate vocês já têm lá, na oficina, né?

— Eu te falei, João...

Uma água escura e fétida — provavelmente um cano de esgoto arrebentado — vinha escorrendo pela rua.

— Eu te falei que ia ser isso...

— É...

— Mulher é bicho burro; mulher não raciocina.

Ele balançou a cabeça.

— E agora, o que a gente faz?

— Não sei — ele disse.

— Você tem alguma idéia?

— Não, eu não tenho mais nenhuma idéia.

— Eu também não.

— Às vezes Deus manda outro menino...

— Outro menino? É capaz... Esse decerto vai trazer um papel escrito assim: "Vão se foder, caras!"

Ele riu.

Em frente a um bar, o irmão parou.

— Eu vou ficar aqui.

— Cuidado, hem?

— Cuidado? Cuidado com o quê? Com o quê que eu vou ter cuidado?

Quando ele chegou em casa, já era noite completa. A mulher o esperava na sala — a criança no colo, chorando.

— Por que você demorou tanto assim?

— Problemas.

— E o osso?

— Que osso?

— O osso que eu te pedi pra comprar pra sopa!

Ele levou a mão à testa: esquecera, inteiramente.

— E agora? — a mulher perguntou, a criança chorando cada vez mais alto.

— Agora?

— Como que eu vou fazer a sopa pro neném?

— Por que em vez de fazer uma sopa pro neném você não faz uma sopa com o neném?

— É? É assim?

Ele entrou no quarto, fechou a porta e, depois de acender a luz, deixou-se cair na cama.

— Droga!

Pegou então o papel no bolsinho da camisa e abriu-o: "Compro ouro. Pago bom preço."

— Paga? Quanto? Um milhão? Dois milhões? Três?

Embolou o papel, embolou-o bem — e, com um piparote, atirou-o pela janela.

A CABEÇA

A cabeça — pois era realmente uma cabeça, uma cabeça de gente, uma cabeça de mulher — estava ali, no chão, em plena rua, sob o sol, naquela radiosa manhã de domingo. De quem era? Quem a pusera ali? Por quê? Ninguém sabia...

"Já chamaram a polícia?", perguntou um homem de terno e gravata que vinha passando e parara junto à rodinha de curiosos.

"Chamou?", o crioulo passou a pergunta para o sujeito que estava ao lado, com uma bicicleta. "Alguém chamou os home?..."

"Chamou", respondeu o da bicicleta; "alguém chamou."

Mas um baixote, que morava ali no bairro — um dos mais distantes do centro — e que sabia bem como são essas coisas, observou:

"Se quando é um corpo inteiro eles já demoram pra aparecer, que dirá quando é só uma cabeça..."

“Eles aparecem”, disse o da bicicleta, “até a noite eles aparecem...”

“É”, o baixote concordou, no mesmo tom: “até a noite eles aparecem...”

“E se não aparecer ninguém?”, entrou um que também morava no bairro, a poucas casas dali, naquela mesma rua. “O que a gente faz com essa cabeça?”

“Leva pra você”, sugeriu um gordo.

“Se fosse da sua mãe, eu levava”, ele respondeu.

“Minha mãe? Coitada... A cabeça da minha mãe há muito tempo que está debaixo da terra...”, disse o gordo. “A cabeça e o resto também...”, acrescentou.

“O que a gente faz?”, insistiu o outro, preocupado. “Porque deixar essa cabeça aí a gente não pode: de repente vem um caminhão e...”

“Ela já está morta mesmo...”, ponderou o da bicicleta, acendendo um cigarro.

“É, mas”, continuou o preocupado, “vem um caminhão e... Vem um caminhão, e aí vai ser aquela porcariada aí, na rua; já imaginaram?...”

Ninguém respondeu; talvez porque estivessem imaginando a porcariada ali, na rua: miolos, ossos, olhos, dentes, cabelos...

“Ou então um cachorro”, lembrou o preocupado: “de repente passa um cachorro aí e sai carregando a cabeça; e, às vezes, ainda vai comer ela...”

“Bom”, disse o baixote, e deu uma cuspida de lado: “uma

coisa eu garanto: botar a mão nesse troço aí, eu não boto; por nada desse mundo. Se depender de mim, essa cabeça vai ficar aí pro resto da vida."

"A sorte é que ela não está fedendo", notou o preocupado.

"Por falar nisso", disse o gordo, "vocês já repararam que gente morta fede mais que bicho morto?..."

"Deve ser porque gente é pior do que bicho", explicou um de óculos.

"Deus faz tudo certo", sentenciou um magrinho, de barbicha, com uma surrada Bíblia debaixo do braço; ele voltava do culto, avistara a turma e se aproximara para ver o que era.

"Quer dizer então que isso aí é certo?...", o gordo provocou.

O barbicha empinou a barbicha — mas não respondeu.

"Se fosse assim", disse o de óculos, "se Deus fizesse tudo certo, ele não teria criado o homem."

"O homem é a maior criação de Deus", disse o barbicha.

"A maior criação...", e o de óculos olhou de modo significativo para o chão à sua frente.

"O homem é a maior criação de Deus", o barbicha repetiu.

"O homem é a maior cagada de Deus, isto sim", o de óculos disse.

"Falar assim é pecado", disse o barbicha.

"Deus foi fazendo tudo certo", continuou o de óculos; "ele fez a terra, fez o céu, o mar, as matas, os bichos... Até aí ele fez tudo certo. Mas à hora que ele chegou ao homem, ele bobeou e deu a maior cagada."

"Deus fez o homem à sua imagem e semelhança", disse o barbicha.

"Então Deus também é uma cagada", disse o de óculos.

"Falar assim é pecado", disse o barbicha: "é ofender o seu santo nome."

"Deus uma cagada, o homem uma cagada, a vida uma cagada: tudo uma cagada."

Uma folhinha seca, soltando-se do galho da árvore ali perto, veio cair sobre a cabeça: como se — poderia ter pensado um dos presentes — como se fosse uma homenagem da natureza ao morto desconhecido.

Desconhecido?

"É a Zuleide!", gritou uma moça, acabando de chegar e fazendo o maior espalhafato.

"Zuleide?", estranhou a companheira, uma ruiva com o cabelo encaracolado. "Que Zuleide?..."

"A Zuleide lá do salão!"

"Que isso, menina? Você está é doida!"

"É sim, é a Zuleide! Olha ali se não é", e a moça curvou-se para ver melhor: "olha aquele rachadinho que a Zuleide tem no beiço!"

"Lábio leporino", disse o homem de terno e gravata.

"Boba", disse a ruiva, "aquilo é da faca, a faca que o cara usou pra cortar ela."

"Cara...", disse um rapaz, ajeitando a aba do boné, virada para trás. "Como que você sabe que é um cara?..."

“Mulher ia fazer uma coisa dessas?”, perguntou a ruiva.

“Mulher faz coisa muito pior”, respondeu o rapaz.

“Então prova”, disse a ruiva.

“Provo”, disse o rapaz: “lá perto do sítio onde eu trabalho, a mulher matou o marido com uma machadinha e picou ele numa porção de pedaços; e depois ainda jogou pros porcos.”

“Decerto é porque ele não prestava”, comentou a moça.

“Tem homem que só serve mesmo pra comida de porco”, ajuntou a ruiva.

“E mulher?...”, revidou o rapaz. “Tem mulher que nem pra comida de porco serve.”

“Só se for a sua”, disse a ruiva.

“Ê...”, disse o rapaz. “Cuidado, hem? Cuidado; senão daqui a pouco em vez de uma cabeça aí, vai ter é duas...”

“Já chamaram a televisão?”, perguntou o homem de terno.

“Pra mim”, disse o gordo, coçando a barriga, que aparecia quase toda pela camisa desabotoada, “pra mim isso aí foi chifre...”

“E o carrinho de pipoca?”, perguntou o de terno.

“Sou capaz de apostar um milhão”, disse o gordo. “A mulher estava chifrando o cara, e aí ele: sssp!...”, e o gordo fez o gesto de cortar o pescoço.

“Você não pode falar isso”, defendeu a ruiva; “como você pode falar uma coisa dessas sem saber de nada?”

“Mas é claro”, disse o gordo, com um sorriso de deboche. “Eu aposto um milhão com quem quiser...”

“Você não pode falar; às vezes a mulher era uma inocente.”

"Inocente? Mulher inocente?...", e o gordo olhou para os outros da turma, quase todos homens. "Vocês já viram alguma mulher inocente?..."

"Mulher", disse o da bicicleta, acendendo mais um cigarro, o quarto ou quinto desde que ali chegara, "pra ser sincero, a única mulher por que eu ponho a mão no fogo é minha mãe... O resto... Nem mesmo a minha irmã eu..."

"A única mulher sem pecado é a Virgem Maria", disse o baixote.

"Rogai por nós", disse a velhinha ao lado, fazendo o sinal da cruz; meio surda, ela acompanhava tudo em silêncio, sem entender nada do que acontecera e do que estava acontecendo.

Mas alguém entendia?

"Claro", continuou o gordo: "eu não vou dizer que por causa disso a gente deve cortar o pescoço delas. Não é isso. Se fosse assim, não ia nem ter jeito da gente andar na rua: a gente ia tropeçar em cabeça..."

Os outros fizeram cara de riso, uma porção de dentes aparecendo alegres nas bocas.

A raiva da ruiva... Ela olhava furiosa para o gordo, procurando alguma coisa para dizer; mas sua raiva era tanta que...

"Umas boas cacetadas resolvem", prosseguiu o gordo; "às vezes até mesmo uns tapas."

"Depende", disse o da bicicleta.

"Depende do quê?", perguntou o gordo.

"Tem mulher que gosta de apanhar..."
"A sua gosta?", interveio a moça.
"A minha? Icha! A minha adora!"
"Vamos embora", disse de repente a ruiva, olhando o relógio e vendo que estavam atrasadas para a missa; pegou no braço da outra e foi saindo, mas ainda parou e se virou: "É por isso que há tanta violência!"
"Hum...", o gordo coçou a barriga.
"Eu vou dizer uma coisa", a ruiva apontou o dedo. "Escutem o que eu vou dizer!"
"Hum", o gordo.
"Vocês é que mataram essa mulher!"
"Nós?...", o gordo fez cara de espanto.
"Vocês!", disse a ruiva, brandindo o dedo, e o cabelo encaracolado brandindo também, acompanhando o gesto: "vocês é que mataram essa mulher!"
"Te manca, dona!", disse o rapaz.
As duas foram andando num passo apressado descendo a rua.
"Segura a cabeça, hem?", o rapaz gritou. "Senão, ó!", e passou o dedo em riste pelo pescoço.
Os outros riram.
"E o picolezeiro?", perguntou o homem de terno.
"Que picolezeiro?", perguntou o crioulo.
"O picolezeiro", disse o homem de terno.

"Que picolezeiro?", perguntou o crioulo.

A cabeça, ali; a cabeça. Para quem vinha subindo a rua e olhava, a primeira impressão era a de uma pessoa que estivesse enterrada no chão, só com a cabeça de fora; ou então...

"Dá vontade de correr e encher o pé", um menino disse, falando baixo, para o amigo, os dois na frente, vestidos com a camisa de seu time, que disputaria à tarde a final do campeonato.

"Dá vontade de dar um balão", disse o outro.

"É..."

"Aí eu corro lá, na frente, e mato no peito."

"Aí você passa pra mim."

"E você devolve, e eu entro na área, dibra um, dibra dois..."

"Goooooool!..."

"Um golaço!..."

A cabeça, os curiosos, o mistério; a rua, o bairro, o sol quente e a manhã de domingo passando.

"É", disse o homem de terno e gravata: "a prosa está boa, mas..."

Alguns destes contos apareceram antes nas páginas dos jornais *Folha de São Paulo* e *Jornal da Tarde* e das revistas *Playboy* e *Ficções*.

TIPOLOGIA Scala e Scala Sans FOTOLITOS Graphbox Caran PAPEL Pólen print da Suzano 120 g/m² IMPRESSÃO Geográfica Editora TIRAGEM 2.000